LA COURONNE DE SANTINA

Scandales et passions au sein d'une principauté

Un scandaleux mariage

Alessandro. Allegra. Il est appelé à régner un jour. Elle est la plus célèbre des jet-setteuses. Leur histoire d'amour défraie la chronique, et leur mariage scandalise le gotha.

Deux clans que tout sépare...

Les Santina. Les Jackson. Les premiers, fiers de leur lignée, sont issus de la plus haute aristocratie. Les seconds appartiennent au monde des affaires et du luxe. A priori, ils n'ont rien en commun.

... liés par la passion

Ils sont pourtant prêts à renoncer à tous leurs privilèges ... par amour!

La Tribune de Santina

Mariage et scandales à la principauté

A peine annoncées, les noces princières d'Alessandro et Allegra créent la polémique !

Depuis la publication officielle des bans du mariage qui unira Son Altesse Royale le prince Alessandro à la sublime Allegra Jackson, la principauté de Santina est devenue le centre du monde. Tous les médias de la planète ont accouru sur l'île de Santa Maria où se tiendront les festivités, pour assister à ce qui s'annonce comme l'événement de la décennie, voire du siècle ! Mais tandis que des messages de félicitations affluent de tous les continents et que les sujets de la Couronne se réjouissent de ce conte de fées contemporain, de mauvaises langues, au sein même du gotha, s'élèvent déjà pour dénoncer une mésalliance – fustigeant le clan Jackson, la famille de la future princesse, dont les frasques ont maintes fois fait la une de la presse à sensation. Une source proche des Santina prétend que des dissensions sont déjà apparues entre certains membres des deux familles, et souligne l'impossible conciliation entre les valeurs aristocratiques de notre prince et les origines roturières de sa promise. Ces critiques au vitriol réussiront-elles à assombrir le bonheur des fiancés ? Ou pire, les feront-elles renoncer à leur engagement ? Nous le saurons très vite...

Le pari d'un milliardaire

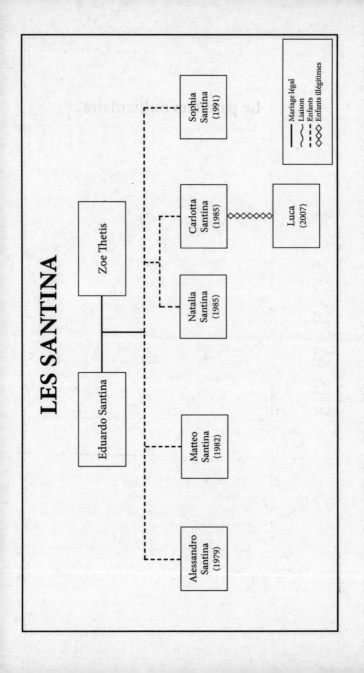

LES SANTINA

Eduardo Santina — Zoe Thetis

Alessandro Santina (1979)

Matteo Santina (1982)

Natalia Santina (1985)

Carlotta Santina (1985)

Sophia Santina (1991)

Luca (2007)

Mariage légal
Liaison
Enfants
Enfants illégitimes

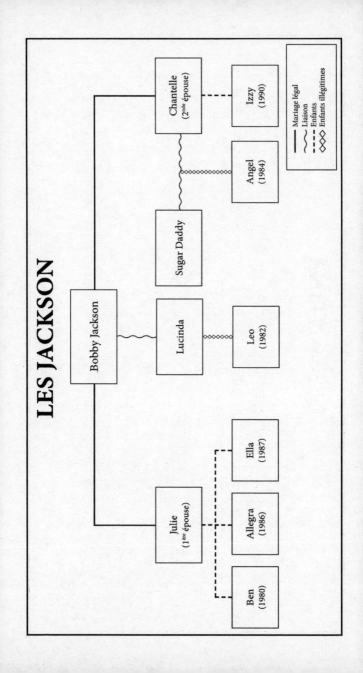

LES JACKSON

Bobby Jackson

Julie (1ère épouse)

Chantelle (2nde épouse)

Sugar Daddy

Lucinda

Ben (1980)

Allegra (1986)

Ella (1987)

Leo (1982)

Angel (1984)

Izzy (1990)

Mariage légal
Liaison
Enfants
◇◇◇ Enfants illégitimes

KATE HEWITT

Le pari d'un milliardaire

collection *Azur*

éditions HARLEQUIN

Collection : Azur

*Cet ouvrage a été publié en langue anglaise
sous le titre :*
THE SCANDALOUS PRINCESS

Traduction française de
LOUISE LAMBERSON

HARLEQUIN®
est une marque déposée par le Groupe Harlequin
Azur® est une marque déposée par Harlequin S.A.

*Toute représentation ou reproduction, par quelque procédé que ce soit, constituerait
une contrefaçon sanctionnée par les articles 425 et suivants du Code pénal.*
© 2012, Harlequin Books S.A. © 2013, Traduction française : Harlequin S.A.
83-85, boulevard Vincent-Auriol, 75646 PARIS CEDEX 13.

Service Lectrices — Tél. : 01 45 82 47 47
www.harlequin.fr
ISBN 978-2-2802-7947-5 — ISSN 0993-4448

1.

La reine Zoe se tourna vers sa fille et lâcha du bout des lèvres :

— Parmi tous ces Jackson, il y en a quand même un qui a réussi…

La princesse Natalia Santina regarda à contrecœur celui dont sa mère venait de faire l'éloge : Ben Jackson, le frère aîné d'Allegra, devenu milliardaire par son seul mérite.

Mais aux yeux de la reine Zoe, l'argent ne comptait pas. N'importe qui, aimait-elle à répéter en haussant ses sourcils fins au dessin parfait, pouvait *faire de l'argent*. Pour elle, les origines d'une personne en disaient plus long que son compte en banque. Néanmoins, elle avait bien dû accepter le choix de son fils aîné, Alessandro, dont on fêtait ce soir les fiançailles avec Allegra, l'une des filles de Bobby Jackson, ex-footballeur dont les frasques s'étalaient régulièrement dans les journaux à sensation…

Pour Natalia, la reine avait choisi le prince Michel de Montenavarre qui, Dieu merci, venait de rompre son engagement. Les goûts de sa future épouse représentaient un obstacle insurmontable pour lui, avait-il allégué. Ce qui était sans doute vrai, et de toute façon Natalia n'avait pas l'intention de passer sa vie au fin fond des Alpes, dans un vieux château exposé aux courants d'air, à écouter son mari raconter à loisir la noble et fastidieuse histoire de son pays.

Certes, un avenir incertain s'ouvrait de nouveau devant elle, mais pour le moment Natalia se contentait de savourer ce sursis inespéré.

Elle plissa les yeux en examinant la haute silhouette de

Ben Jackson. Vêtu d'un costume gris clair bien coupé, une cravate sobre, d'un beau bleu foncé uni ressortant sur sa chemise blanche, il bavardait avec un autre invité en esquissant de temps en temps un geste de la main, retenu et précis. A la différence de son père, qui se faisait remarquer par sa cravate voyante, sa voix tonitruante et ses gesticulations, caractéristiques de la catégorie des nouveaux riches, Ben Jackson était le parangon de l'élégance discrète et masculine.

— Que fait-il, exactement ? demanda-t-elle d'un ton détaché.

Aussitôt, la reine Zoe se raidit, choquée par la vulgarité d'une telle question. Pour elle, bien sûr, les gens valables ne faisaient *rien*. Du moins pas pour de l'argent. Elle semblait ignorer que son propre fils, l'héritier du trône, s'était lancé lui-même dans les affaires et y réussissait fort bien.

— D'après ce que je sais, il est entrepreneur. Dans la finance, je crois.

Une activité *ennuyeuse*, donc, songea Natalia. Toutefois, elle ne put s'empêcher de contempler l'aîné des Jackson d'un œil appréciateur. Sous la soie grise, la carrure était impressionnante… A cet instant, il leva une main aux longs doigts pour appuyer ses paroles, tandis que son regard brillant trahissait son enthousiasme. Cet homme vibrait, devina-t-elle, mais il contrôlait avec soin ses émotions.

Natalia avait toujours su interpréter les expressions et l'attitude des autres. Un don qui l'avait aidée à supporter douze années de scolarité hermétique, au cours desquelles elle avait dû se fier à la courbe d'une bouche ou d'un sourcil pour comprendre si elle avait bien répondu ou non.

— Avec qui bavarde-t-il ? demanda-t-elle.

Sa mère laissa échapper un soupir irrité.

— Avec le ministre de la Culture et du Tourisme, comme tu le saurais si tu montrais un tant soit peu d'intérêt envers ton pays.

Habituée à ce type de réflexion, Natalia ne broncha pas. En la fiançant au prince Michel, ses parents avaient espéré se débarrasser d'elle. A vingt-sept ans, ravie d'être célibataire et menant une vie sociale très active, elle commençait en effet à représenter une véritable *gêne* pour la famille royale.

— Tu as raison, Mère, dit-elle d'un ton docile. Je devrais connaître les ministres de Santina. Eh bien, je vais combler cette lacune sur-le-champ.

Sans attendre la réaction de sa mère, Natalia s'avança vers Ben Jackson.

Depuis sa sobre élégance jusqu'à ses cheveux bruns coupés court, tout en lui respirait la maîtrise de soi, le contrôle, voire l'ennui, constata-t-elle en se rapprochant des deux hommes.

Le ministre de la Culture et du Tourisme inclina la tête avec déférence en la voyant.

— Princesse Natalia !

Elle sourit et prit la main qu'il lui tendait.

— Monsieur le ministre, je suis ravie de vous revoir.

Le ministre battit des paupières d'un air interloqué. Elle aurait dû demander son nom à la reine, regretta Natalia.

— Moi aussi, Votre Altesse, répliqua-t-il en souriant, après un léger silence.

Natalia se tourna vers Ben Jackson. De près, il n'avait pas l'air si ennuyeux que cela, après tout. Une force contenue émanait de son corps, ainsi qu'une méfiance certaine, teintée de cynisme, perçut Natalia.

D'un bleu presque aussi foncé que celui de sa cravate, ses yeux la contemplaient… d'un air amusé, réalisa Natalia avec stupeur. Ben Jackson se *moquait* d'elle. Ce constat l'irrita au plus haut point car s'il y avait une chose qu'elle ne supportait pas, c'était bien qu'on se moque d'elle.

— Nous n'avons pas été présentés, n'est-ce pas ? dit-elle en passant de l'italien à l'anglais et en lui tendant la main.

Elle vit un léger sourire poindre sur sa bouche sensuelle.

— Pas de façon officielle, approuva-t-il, mais je sais que vous êtes l'une des princesses Santina, et vous ne pouvez ignorer que je suis un Jackson.

Quand il prit ses doigts entre les siens et les serra un très bref instant, Natalia frémit en sentant une chaleur furtive se répandre dans son bras.

— Ah, mais lequel ? répliqua-t-elle en haussant les sourcils. Vous êtes si nombreux…

Les lèvres serrées, Ben Jackson la regarda en silence, tandis que Natalia lui adressait un sourire artificiel.

— Du côté Santina, vous êtes aussi quelques-uns, répliqua-t-il d'un ton neutre. Les grandes familles sont une vraie bénédiction, vous ne trouvez pas ?

— En effet, acquiesça Natalia.

En réalité, sa vaste famille était tout sauf une bénédiction. A l'exception de sa sœur jumelle, Carlotta, Natalia ne se sentait proche d'aucun membre de sa famille, et certainement pas de ses parents. Et vu ce qu'elle savait du clan Jackson, Ben ne considérait sans doute pas non plus sa propre famille comme une bénédiction.

Le ministre de la Culture et du Tourisme s'étant excusé avec un murmure poli, Natalia le regarda s'éloigner.

— Je vous ai interrompus alors que vous bavardiez tranquillement, reprit-elle en se retournant vers Ben Jackson. Envisagez-vous de séjourner sur notre belle île ?

— Oui, en effet, répondit-il avec un sourire en coin.

— Vous êtes peut-être en vacances ?

— Pas tout à fait.

Elle *l'amusait*, songea Natalia en réprimant sa colère.

— Seriez-vous venu surveiller votre sœur ? Pour être sûr qu'elle se tienne comme il faut ?

— Ma sœur est adulte et tout à fait capable de se tenir, répliqua-t-il avec calme. On ne peut pas en dire de même de ces femmes dont les photos s'étalent sur la plupart des magazines à scandale, dans toute l'Europe.

Natalia tressaillit, choquée par la dureté soudaine de sa voix. A présent, il n'avait plus l'air amusé : il la jugeait. Bien sûr, elle savait que des clichés d'elle paraissaient régulièrement dans ce genre de presse, puisqu'elle recherchait l'attention des journalistes. Mais entendre ce type exaspérant se servir de leurs extrapolations pour lui faire la leçon l'emplissait de rage — et de honte.

Elle décida de riposter sur le même ton.

— Dans ce cas, vous devriez surveiller les autres membres de votre famille !

Elle regarda autour d'elle et aperçut Bobby Jackson qui riait trop fort, avant de voir l'une des sœurs de Ben en train de se disputer avec un invité. Puis une autre — une starlette de la téléréalité ! — jouant son rôle de soi-disant vedette, avant d'en découvrir une troisième, une blonde moulée dans une robe presque indécente et flirtant de façon éhontée avec un homme d'au moins deux fois son âge.

— Apparemment, ils ne sont pas tous capables de se tenir, ajouta-t-elle.

L'expression du visage de Ben ne changea pas, et pourtant Natalia sentit de nouveau la force qui couvait en lui, mais qu'il contrôlait avec soin.

— Je crois surtout que vous n'avez pas de leçon à nous donner, dit-il d'une voix mielleuse.

— Il me semblerait abusif de comparer nos deux familles, monsieur Jackson, même si elles sont de taille à peu près identique, répliqua-t-elle en redressant le menton.

— Ah, non seulement vous êtes snob, mais en plus, vous vous conduisez comme une enfant gâtée !

Sous le choc, Natalia recula d'un pas. Personne ne lui parlait ainsi, du moins pas un roturier.

— Vous n'ignorez pas que je pourrais vous faire jeter dehors à cause de cette remarque, dit-elle d'un ton glacial.

— S'agit-il d'une menace ?

Elle ne répondit pas. Il s'agissait en effet d'une menace, mais tout à fait vaine. Si elle était allée demander à l'un des gardes en livrée postés aux portes de la salle de réception de le faire sortir, il n'aurait certainement pas obéi à son ordre. En effet, il était le frère de la future reine de Santina et par conséquent un invité d'honneur, en dépit de sa famille peu recommandable.

— Considérez cela comme un avertissement.

À ces mots, il se mit à rire doucement.

— Vous possédez quand même un peu de bon sens !

— Et vous, aucune bonne manière ! riposta-t-elle.

Il haussa les sourcils tandis qu'un nouveau sourire moqueur se dessinait sur sa bouche.

— Chercheriez-vous de nouveau à me faire la leçon ?

Réprimant l'envie de lui rappeler qu'elle était de sang royal, Natalia prit une coupe de champagne sur le plateau d'un serveur qui passait à côté d'elle. Après en avoir avalé une longue gorgée, elle demanda :

— Eh bien, pourquoi envisagez-vous de rester à Santina ?

Ben la contempla un instant en silence avant de répondre.

— J'organise un camp sportif pour la jeunesse défavorisée de l'île.

Surprise, elle le dévisagea en silence. D'habitude, ce n'était pas ce qui amenait les milliardaires à Santina.

— C'est très charitable de votre part, murmura-t-elle enfin.

— Merci.

— Je suppose que vous espérez ainsi repérer le prochain David Beckham, et récolter ensuite quelques profits ?

— Si vous sous-entendez par là que mon but est de découvrir une future star afin de profiter ensuite de ses succès, vous vous trompez complètement.

— Oh ! je vous en prie. Vous n'allez quand même pas me dire que vous comptez consacrer un peu de votre précieux temps à monter ce petit camp, sans en retirer aucun profit ?

— Eh bien, si, Votre Altesse. Aussi incroyable que cela puisse vous paraître.

Natalia secoua la tête. Elle en savait assez sur les affaires, et sur les hommes, pour savoir qu'on ne faisait rien gratuitement. Et puis, c'était son tour de l'asticoter.

— J'accepte de vous croire, mais reconnaissez qu'un peu de publicité ne fait pas de mal.

— La publicité n'est jamais mauvaise, dit-on. Mais je doute que cela soit avéré en ce qui vous concerne…

Natalia ne s'y trompa pas : ce n'était pas une question mais une affirmation. Et Ben Jackson faisait allusion à une photo récente la montrant en train de quitter un club à 4 heures du matin, en compagnie de deux play-boys jet-setteurs. Pour un homme comme Ben Jackson, une telle exhibition était sans doute choquante, et honteuse.

— De toute façon, poursuivit-il, ce camp destiné à des enfants défavorisés, sur cette petite île, attirera peu de journalistes, croyez-moi.

Natalia ne savait pas si les termes de *petite île* l'amusaient ou la révoltaient. Les deux à la fois, en fait.

— Oh ! répliqua-t-elle d'un ton désinvolte, puisque vous semblez si familier des magazines à scandale de toute l'Europe, je suis certaine que vous pourrez transmettre l'information à un journaliste en vue, qui vous consacrera une ou deux premières pages.

Il la contempla en silence pendant si longtemps que Natalia finit par perdre son attitude de défi.

— Etes-vous toujours aussi amusante ? lança-t-il soudain.

— Non, pas du tout. Vous avez eu la chance d'arriver au bon moment.

Il laissa échapper un rire lent, qui la prit au dépourvu. Le sobre M. Jackson fils possédait donc le sens de l'humour ?

— Je frémis à la pensée de vous surprendre au *mauvais* moment, dit-il.

Sa voix basse et douce fit frémir Natalia au plus secret d'elle-même. La sobriété de Ben Jackson frisait l'ennui, mais son pouvoir de séduction n'en était pas moins fascinant.

— Ne craignez rien. Je doute que nos chemins se croisent de nouveau. Même si nous assisterons tous deux au mariage d'Alessandro et Allegra.

Avec une lenteur insensée, il laissa descendre son regard sur elle, la pénétrant, la *déshabillant*. D'autant qu'elle ne portait pas grand-chose. Sa robe en lamé argent haute couture était très courte et pourvue d'un décolleté en V très plongeant. Sous ce regard délibérément inquisiteur, Natalia ne put s'empêcher de rougir. Pourtant, c'était ridicule de se laisser troubler par un homme qui l'avait traitée de façon abominable.

Ben la regarda s'empourprer avec intérêt et sentit le désir frémir en lui. La princesse était sans conteste une belle femme. Sexy, sophistiquée, dotée de grands yeux noisette pétillant de malice et d'un port de tête digne de son aristo-cratique lignée. En d'autres circonstances, il aurait été ravi de lui proposer de quitter cette réception pour aller dans un endroit plus intime. Mais d'après ce qu'il avait lu et venait de constater, la princesse Natalia ne prisait guère l'intimité. Alors que, de son côté, Ben avait eu son lot de publicité ignoble et trop souffert de ses effets dévastateurs.

— Vous pouvez considérer mon projet avec mépris, Princesse, dit-il. N'y voir qu'un coup de publicité. Mais je vous garantis que vous ne tiendriez pas un jour — non, pas *une heure* — si vous y travailliez comme bénévole.

Elle haussa les sourcils d'un air stupéfait et indigné.

— Quelle idée stupide… Je n'envisagerais jamais de faire de bénévolat, même pour une heure !

Ben ne put s'empêcher de sourire. Cette joute le ravissait, le revigorait. Il se sentait revivre, ce qui ne lui était pas arrivé depuis un temps fou…

— Vous ne me surprenez pas le moins du monde.

— Laissez-moi vous préciser une chose, répliqua-t-elle d'un ton cinglant. Ce serait inconcevable, *si vous étiez présent*.

— Je vous ennuie autant que cela ?

— J'évite de perdre mon temps avec d'arrogants goujats.

Sa repartie était bien sentie, songea Ben en laissant échapper un rire bref. Décidément, la princesse ne baissait pas facilement les bras.

— Vous m'avez étiqueté bien vite.

— Pas plus vite que vous ne m'avez cataloguée.

Il y avait eu quelque chose de blessé dans sa voix. Cette éventualité le mit mal à l'aise, le décevant presque.

— Eh bien, dit-il, vous devriez venir nous rejoindre.

Ben ne le pensait pas, bien sûr. La perspective de la voir se pavaner au bureau et de gêner le travail de ses employés, tout en suscitant toutes sortes de ragots, lui déplaisait au plus haut point. Et pourtant, il ne pouvait s'empêcher de la provoquer.

— Merci pour la proposition, dit-elle d'une voix douce. Mais je crains de devoir la décliner.

— Ce serait trop vous abaisser ?

Elle redressa le menton, les yeux étincelants.

— C'est ce que vous semblez penser.

— En réalité, je pense que ce type d'occupation vous ferait du bien.

— Vous voulez dire que cela me donnerait une leçon ? Non, merci. Continuez avec votre petit projet, soulagez votre conscience mais, de grâce, laissez-moi en dehors de ça !

Cette fois, Ben sentit son agacement se muer en colère. Il réagissait de façon trop émotionnelle, il s'en rendait compte, mais il ne pouvait s'en empêcher. Non seulement la princesse le repoussait, en tant que personne, mais elle repoussait aussi ce projet qui comptait tant pour lui. Au moment où elle se détourna de nouveau, il lança, comme par défi :

— Faisons un pari.

— Un pari ? Ce genre de jeu stupide ne m'intéresse pas, monsieur Jackson.

— Appelez-moi Ben, je vous en prie.

Elle lui adressa un sourire glacé.

— Il ne s'agirait pas exactement de *jeu*, Votre Altesse. Plutôt d'une sorte de test, pour tester votre courage.

En voyant les traits de Natalia se figer en une expression altière, Ben sentit une sorte de jubilation le gagner. Il saurait gérer les grands airs de la princesse, et même la publicité qu'engendrerait à coup sûr sa présence. En outre, vu tous les événements qui agitaient la vie de la famille royale, les journalistes allaient-ils vraiment se précipiter sur la princesse Natalia, parce qu'elle allait soudain *travailler* ? Et puis, la perspective de la voir dans un environnement qui ne lui était pas coutumier devenait de plus en plus excitante.

Soudain, Ben se demanda pourquoi il agissait ainsi. Puis il repoussa la question et pencha la tête afin de humer le parfum raffiné de la princesse, une merveille aux notes citronnées…

— Je suis prêt à parier, chuchota-t-il, que je réussirai à convaincre votre père de vous *persuader* de vous porter bénévole.

Elle se raidit. Elle aurait voulu reculer, comprit Ben, mais elle s'y refusait. Lorsqu'elle redressa la tête et le regarda, il vit des pépites dorées briller au fond de ses yeux.

— Je ne crois vraiment pas que vous arriviez à convaincre le roi Eduardo.

— Vous acceptez le pari, alors ?

Pour toute réponse, elle soutint son regard. La princesse était tiraillée entre le désir de faire ses preuves et celui de ne pas se mettre en danger, comprit Ben. Quant à lui, à quoi rimait cette proposition ? Pourquoi invitait-il Natalia à venir dans son bureau, à s'immiscer dans sa vie ? Lorsque ses longs cils bruns se baissèrent sur ses joues, dissimulant l'expression de son regard, Ben comprit qu'il se fichait de connaître la réponse à ces questions. Il désirait qu'elle vienne les rejoindre, c'est tout.

— Je n'ai pas dit cela, répondit-elle enfin.

— Auriez-vous peur, Votre Altesse ?

— Vous prenez des libertés révoltantes, monsieur Jack… *Ben*. Non, je n'ai pas peur. Cela ne m'intéresse pas, tout simplement. Et de toute façon, je doute que mon père vous accorde une audience. Quant à prêter attention à votre…

— Dans ce cas, pourquoi refuser le pari ? l'interrompit-il.

— Pourquoi l'accepter ?

— Il faudrait bien sûr que vous y voyiez un intérêt.

— Que, par exemple, j'exige en retour que vous vous excusiez publiquement pour votre comportement envers moi, dans tous les journaux à sensation, d'ici jusqu'à Londres ?

— Quel étrange souhait, répliqua-t-il en riant. Personne n'a entendu notre conversation.

Ses yeux noisette flamboyèrent.

— Je serais néanmoins ravie de vous voir ramper.

— Je n'en doute pas.

L'attirance vibra de nouveau entre eux, avec une intensité inouïe. Natalia partageait ce qu'il ressentait, Ben en était certain. Devait-il calmer le jeu, avant qu'ils ne s'engagent sur un terrain trop dangereux ? Il désirait que sa présence à Santina reste discrète, et en s'impliquant avec Natalia il devrait renoncer à *toute* discrétion. En outre, la princesse était exactement le type de femme qu'il ne supportait pas.

— Vous aimez vraiment les défis, dit-elle.

Puis elle haussa les épaules d'un air insouciant.

— Très bien ! Allez voir mon père. Et si je gagne et qu'il refuse de vous écouter…

Ben resta suspendu à ses lèvres, tandis que sa libido se manifestait sans équivoque.

— Eh bien, vous serez à mes ordres durant une journée.

A ses ordres ? Des images brûlantes déferlèrent dans l'esprit de Ben.

— Et si *je* gagne ? murmura-t-il en soutenant son regard.

— Je ferai du bénévolat pour vous, répondit-elle avec un haussement d'épaules. Et c'est moi qui serai à vos ordres.

Elle s'exprimait sans ambiguïté, mais celle-ci existait bel et bien. Le désir incendia Ben. Pas de problème, il pourrait gérer la situation, se dit-il pour se rassurer.

— Je suis impatient de vous accueillir dans mon bureau, dit-il d'une voix suave en lui tendant la main. Marché conclu ?

Natalia prit sa main tendue d'un air méfiant mais, lorsqu'il enlaça ses doigts aux siens, Ben vit un éclair sensuel traverser son regard et perçut le souffle infime qui s'échappa de ses lèvres. Puis elle sourit d'un air totalement indifférent.

— Marché conclu, approuva-t-elle en hochant la tête.

2.

— *Comment ?* s'exclama Natalia avec indignation.

— Baisse le ton, s'il te plaît, Natalia, et conduis-toi en princesse.

— Parce que les princesses passent leur temps à entraîner des gamins à jouer au…

— Ces enfants, l'interrompit froidement le roi Eduardo, sont les citoyens de ton pays. Tu as un devoir envers eux.

— Le devoir de leur apprendre à jouer au football ?

— En vérité, Natalia, je pense que faire du bénévolat pourrait t'être profitable, soupira-t-il.

— *Profitable ?* répéta Natalia avec incrédulité.

— Laisse-moi parler, dit son père d'un ton sévère. Tu mènes une vie trop libre, et depuis trop longtemps. J'ai fermé les yeux à cause de ton mariage imminent avec le prince Michel, mais maintenant qu'il a rompu vos fiançailles — causant ainsi une humiliation certaine à notre famille — je me vois contraint de prendre des mesures.

Natalia se mordit cruellement la lèvre pour s'empêcher de parler. Elle avait été trop loin, et ses parents étaient choqués par sa conduite qu'ils jugeaient débridée. Mais la presse people exagérait tout. Et puis, que faire de sa vie ? Sans diplôme, elle ne pouvait même pas envisager de travailler.

Par ailleurs, quand les paparazzi la suivaient dans ses virées nocturnes, ils se focalisaient sur ses écarts de conduite, et sur rien d'autre.

— De toute façon, poursuivit son père d'un ton sévère, j'ai pensé qu'un peu de publicité positive te ferait du bien, ainsi qu'à notre famille. Quand je pense que Sophia…

— Sophia ? l'interrompit Natalia, incapable de se taire plus longtemps. Qu'a-t-elle fait ?

La veille au soir, au cours de la soirée destinée à célébrer celles d'Alex et d'Allegra, le roi Eduardo avait annoncé les fiançailles de sa sœur avec le prince Rodriguez.

— Peu importe, répondit vivement son père. Il s'agit de toi pour l'instant, et, comme je l'ai dit à Ben Jackson, ce projet de bénévolat est une excellente idée. Tu commenceras mardi.

Il se tourna vers sa fille et posa sur elle ses yeux sombres.

— Et ne songe pas à me défier, Natalia, sinon je ne te verserai plus un centime et un garde du corps te surveillera, nuit et jour.

Natalia déglutit avec peine. De toute évidence, son père ne plaisantait pas. Et la perspective de se retrouver sans argent ne l'attirait pas du tout. L'espace de quelques secondes, elle détesta son statut de princesse, ses limites et ses règles, ainsi que le poids du devoir royal — et les secrets et la honte qu'elle était obligée de cacher.

— Très bien, Père. Je ferai de mon mieux pour vous faire honneur, à toi et à la famille Santina.

Après que le roi l'eut congédiée d'un geste de la main, Natalia quitta la pièce en bouillant de rage, puis traversa le luxueux hall du palais, où une douzaine de gardes en livrée se tenaient immobiles de chaque côté des portes cintrées. Elle ne ferait pas de bénévolat pour Ben Jackson, décida-t-elle en refoulant la vague de panique qui l'envahissait. Sinon, trop de choses échapperaient à son contrôle. Elle se trouverait sans cesse exposée à des occasions d'être humiliée — notamment par Ben Jackson.

Il était hors de question que ce type arrogant devine ses motivations. Qu'il *la* devine.

Natalia inspira à fond et redressa les épaules. Très bien ! Puisqu'elle n'avait pas réussi à convaincre son père de renoncer à cette idée stupide, il ne lui restait plus qu'à persuader celui qui l'avait lancée.

*\
* *

Lorsqu'il entendit des exclamations de surprise jaillir dans le bureau jouxtant le sien, Ben s'appuya au dossier de sa chaise en souriant. Ç'avait été très rapide !

Une seconde plus tard, la porte de son bureau s'ouvrit à la volée et la princesse Natalia apparut sur le seuil, ses lunettes de soleil design remontées sur le dessus de la tête, laissant voir ses yeux noisette légèrement bridés et étincelant de fureur. Avec ses cheveux châtain doré et son corps mince et fuselé, elle lui fit soudain penser à un elfe. Un elfe plutôt machiavélique, corrigea-t-il en la revoyant dans sa robe indécente en lamé argent. Mais elle avait eu l'air si sexy, perchée sur ses hauts talons…

A présent, elle était l'élégance personnifiée, vêtue d'une ravissante robe en lin rose pastel, chaussée de sandales à brides ouvertes à l'arrière — et aux talons un peu moins hauts que ceux de la veille, remarqua-t-il.

— Déjà, Princesse ? Votre père et moi n'étions-nous pas convenus que vous commenceriez mardi ?

Elle s'avança dans le bureau, sa poitrine se soulevant à un rythme saccadé mais, quand elle parla, sa voix était posée.

— Vous n'envisagez quand même pas de persister dans ce… cette idée ridicule ! dit-elle avec dédain.

Ainsi, elle jouait la carte de la princesse… Ben noua ses mains sur sa nuque et allongea ses longues jambes devant lui.

— Oh ! mais si, répliqua-t-il. Votre père s'est montré *enchanté* par cette perspective.

— Mon père…

Elle sembla soudain manquer de souffle.

— … a pensé que cela vous ferait du bien, acheva Ben.

— Je sais ce qu'il pense, merci, répliqua-t-elle sèchement.

— Dans ce cas, il n'y a aucun problème.

La princesse se redressa de toute sa hauteur.

— Vous vous trompez, il y en a un, monsieur Jack…

— Ben.

— Il y en a un, *Ben.*

Elle était vraiment *très* en colère, songea-t-il. Mais de façon étrange, la fureur la rendait encore plus belle. Ses yeux brillaient de mille feux tandis que ses seins palpitaient sous le tissu rose. Soudain, il se surprit à l'imaginer au lit…

Aussitôt, il repoussa la vision qui se précisait dans son esprit. L'idée de la séduire ne manquait pas d'attrait, mais il résisterait à la tentation. Il choisissait ses partenaires avec soin et discrétion, deux notions tout à fait étrangères à la princesse.

Natalia avança encore d'un pas.

— Ecoutez, dit-elle d'une voix basse et terriblement sexy.

Ben refoula les sensations qu'elle faisait naître en lui et fit mine de l'écouter avec intérêt.

— … hier soir, nous nous sommes énervés tous les deux, mais rien de plus, poursuivit-elle.

A cet instant, elle sourit et, en dépit de ses résolutions, Ben sentit son pouls s'accélérer. Cette femme le touchait, plus qu'il ne voulait le reconnaître. Une fois encore, il se demanda si sa proposition n'était pas risquée. Non, il pourrait gérer cela. Il garderait le contrôle, comme toujours.

— Vraiment ? fit-il avec un sourire aimable.

— Vous savez, n'est-ce pas, que je ne peux… m'impliquer dans votre projet, dit-elle alors, d'un ton presque complice.

Ben secoua la tête en souriant.

— Vous le pouvez très bien, au contraire.

— Mais je suis…

— Une princesse ? Et les princesses ne peuvent pas se salir les mains ? Ni se mêler au peuple ? Ni consacrer une seule journée de leur vaine existence à une bonne cause ?

Lorsque Natalia recula d'un pas, Ben crut déceler de la vulnérabilité sous la colère qui s'affichait sur ses traits. Mais elle se ressaisit rapidement.

— Ce ne serait pas raisonnable, dit-elle d'un air digne.

— Pourquoi ne pouvez-vous pas envisager de travailler comme bénévole dans ce projet ? demanda Ben avec une curiosité sincère. Les enfants se montrent en général amicaux et bien élevés, et ils sont parfois très drôles. Vous pourriez même vous amuser !

— Vous avez déjà organisé de tels camps ?

— Oui. A Londres, puis un deuxième à Liverpool. A présent, j'aimerais développer ce projet dans toute l'Europe.

— Vous êtes ambitieux, n'est-ce pas ?

— Et alors ? répliqua-t-il en haussant les épaules. Qu'avez-vous contre l'ambition ?

A cet instant, Ben vit une lueur trembler dans ses yeux noisette aux reflets verts. *La princesse a peur*, comprit-il.

— Je ne connais rien au football, dit-elle.

— Je ne vous demanderai pas de les entraîner.

Cette fois, elle resta un long moment silencieuse. Elle se sentait prise au piège, devina Ben en l'observant avec un brin de compassion. A vrai dire, lui-même avait été surpris de l'empressement du roi Eduardo à approuver son idée. La façon dédaigneuse dont il avait parlé de sa fille l'avait mis mal à l'aise. Certes, Natalia était gâtée, snob, superficielle, mais elle était néanmoins son enfant.

— Qu'attendrez-vous de moi ? demanda-t-elle enfin en redressant le menton.

Ben sentit une bouffée de triomphe l'envahir.

— D'effectuer diverses tâches, répondit-il d'un ton détaché. Administratives ou…

Elle le regarda d'un air affolé.

— Des tâches administratives ?

L'instant d'après, elle s'était déjà ressaisie.

— Le camp ne démarre que dans une semaine, expliqua Ben en l'observant avec attention. Au moment des vacances de printemps. Le camp ouvrira alors pour trois semaines. Jusque-là, vous aiderez à l'organisation, ici.

Il fit un geste vers la pièce voisine.

— Vous ne pouvez sans doute pas taper cent mots à la minute, poursuivit-il en souriant, mais vous êtes capable de faire des photocopies, un peu de classement ? Vous savez lire, n'est-ce pas ?

Il sourit, s'attendant à ce qu'elle esquisse au moins un petit sourire en retour, mais au contraire elle eut de nouveau l'air terrifié. Puis son visage se ferma et elle hocha vaguement la tête.

— Nous pourrions faire un nouveau pari, proposa-t-il. Si vous tenez trente jours…

— *Trente jours…*

— Oui, un mois.

— Merci, monsieur… Merci, Ben. Je sais compter, répliqua-t-elle en plissant les paupières.

— Lire *et* compter : vous êtes vraiment parfaite !

Elle resta silencieuse, mais la fureur étincelait dans ses yeux, mêlée à un éclat plus sombre, proche de la haine. Soudain, Ben se demanda s'il l'avait blessée.

— Si vous tenez jusqu'au bout, comme l'a exigé votre père lui-même, reprit-il, alors notre marché initial restera valable : je serai à vos ordres pendant une journée entière.

La veille au soir, cette perspective n'avait pas été loin de paraître attirante à Ben. Mais, à présent, il imaginait aisément que la princesse Natalia lui infligerait les pires supplices…

— Vous m'en croyez incapable, dit-elle enfin.

— Vous ne m'avez pas donné beaucoup de raisons de penser le contraire.

Un éclair incendia ses yeux.

— Vous ne me connaissez pas.

— J'ai lu quelques anecdotes vous concernant…

— Vous croyez tout ce que raconte la presse ? l'interrompit-elle avec dédain. Mais dites-moi, votre famille a elle aussi fait la une des journaux à scandale — à plus d'une reprise, que je sache. Par conséquent, il me semble que vous êtes mal placé pour me juger.

Ben se raidit. Il détestait la façon dont sa famille alimentait les ragots publiés dans les médias. Depuis son adolescence, il s'acharnait à s'élever au-dessus des rumeurs colportées par les journalistes et s'évertuait à empêcher l'intrusion de ceux-ci dans sa vie. Il se rappelait encore l'expression du visage de sa mère quand elle ouvrait les journaux autrefois. Car elle n'avait jamais pu s'empêcher de les lire, examinant avec avidité les photos de Bobby Jackson, sa dernière maîtresse à son bras. Dans l'un de ces torchons sordides, elle avait vu aussi la photo de son fils alors âgé de quatre ans à peine, les joues souillées de larmes.

— Vous avez raison, dit-il avec calme. Mais j'ai constaté que les rumeurs les plus scandaleuses contenaient toujours une once de vérité.

— Une once *infime*.

— Auriez-vous été victime de diffamation ?

— Peu importe, répondit-elle en pinçant les lèvres. En tout cas, je gagnerai votre pari ridicule. De toute façon, je n'ai pas le choix, n'est-ce pas ?

Elle se leva, les yeux étincelants et les pommettes rose vif. La princesse était vraiment superbe.

— Eh bien, je serai ravie de vous révéler ce que j'attends de vous durant une journée entière, poursuivit-elle.

Ben laissa échapper un rire un peu rauque.

— Pas autant que je le serai de vous satisfaire, soyez-en certaine.

Puis il ouvrit le tiroir de son bureau où il avait rangé le T-shirt mis de côté pour elle.

— Voici votre uniforme, dit-il en le lui lançant.

Elle l'attrapa au vol avant de le contempler d'un air perplexe.

— C'est un T-shirt, expliqua-t-il aimablement. Pour vous.

Les sourcils froncés, elle déchiffra le logo imprimé sur le devant.

— *Fondation Jackson pour la Jeunesse & le Sport,* lut-elle à voix haute.

Après avoir relevé les yeux, elle lui adressa un sourire méprisant.

— Il faut que votre nom s'étale partout, n'est-ce pas ?

Cette fois, Ben sentit son calme le déserter.

— Comment aurais-je dû appeler ce projet, d'après vous ? Il compte beaucoup pour moi, Princesse, et je vous conseille de faire attention : ma patience a des limites et vous ignorez de quoi je suis capable.

Serrant le T-shirt contre sa poitrine, elle répliqua d'un ton calme :

— Je pourrais vous dire la même chose, Ben Jackson. Vous ne soupçonnez pas de quoi je suis capable.

Natalia sortit de l'immeuble et cligna des yeux devant les rayons éclatants du soleil, tout en essayant d'apaiser les battements désordonnés de son cœur.

Trente jours. Comment pourrait-elle y arriver ? La voix moqueuse de Ben Jackson résonna dans son esprit : « Lire et compter : vous êtes vraiment parfaite ! »

Il ne soupçonnait pas que trente jours dans un bureau équivaudraient pour elle à un mois d'enfer. A l'école, Carlotta l'avait couverte, mais maintenant… Combien de temps faudrait-il à Ben pour découvrir ses faiblesses ?

Cependant, en dépit de sa peur, Natalia sentit naître en elle une détermination farouche : elle prouverait à Ben Jackson qu'il se trompait. Après tout, elle n'aurait qu'à être présente et tenir le coup durant un mois. En lui rendant la vie impossible… comme lui-même en avait sans doute l'intention à son égard.

Ensuite, elle aurait gagné. Natalia sourit en imaginant les ordres qu'elle lui donnerait. L'obliger à la suivre comme un petit toutou ? Soudain, une autre possibilité germa dans son esprit, et un frisson la parcourut à la pensée de ce que Ben Jackson pourrait faire pour elle… Ou pourrait *lui* faire…

Elle revit ses solides épaules et ses hanches étroites, imagina ses yeux bleus s'assombrir de désir… Ses mains aux longs doigts errer sur son corps, avec une lenteur exquise… Natalia repoussa les images absurdes qui défilaient dans son esprit. Non, ce genre de fantasmes ne l'intéressait absolument pas. Ben Jackson était un type trop arrogant et trop dominateur pour devenir autre chose que son patron. D'autre part, en dépit des soi-disant aventures torrides que lui prêtait la presse à scandale, Natalia se montrait toujours très sélective dans ses relations intimes.

De retour au palais, elle apprit que son père s'était enfermé dans son bureau avec ses conseillers, et que sa mère désirait la voir dès son arrivée. Lorsqu'elle arriva chez la reine Zoe, Natalia la trouva en proie à une anxiété manifeste.

— Que se passe-t-il ? demanda-t-elle.

— Ce qu'il se passe ? dit sa mère en haussant ses fins sourcils. Ta folle de sœur s'est enfuie !

Natalia retira ses lunettes de soleil perchées sur sa tête en repensant aux paroles de son père. Il s'agissait de Sophia.

— Sophia ?

— Oui, *Sophia*. Visiblement, elle préfère ruiner sa réputation plutôt que d'épouser le prince Rodriguez.

A ces mots, Natalia ne fit même pas l'effort de simuler la surprise. Si elle n'avait pas eu le courage d'aller aussi loin que Sophia, elle comprenait très bien son attitude.

— Où est-elle partie ?

— Elle s'est envolée à bord du jet du maharajah Ashok Achari.

— Elle est partie avec Ash ? répéta Natalia, incrédule.

Ash étant l'un des plus anciens amis de son frère Alex, il avait séjourné plusieurs fois au palais. Sophia avait toujours été un peu amoureuse de lui, Natalia en était persuadée. Mais quant à s'enfuir avec lui ! Un frisson d'admiration et d'envie la traversa. Elle-même avait bien fait quelques scènes, créé quelques petits scandales, mais rien de vraiment courageux. Tandis que Sophia…

— La presse est déchaînée, dit Zoe avec dégoût. Entre cette fuite inconsidérée et la façon dont les journalistes ont accueilli la décision d'Alex de…

Elle s'interrompit.

— Je n'arrive pas à comprendre ce qui a pu passer par la tête de ta sœur, reprit-elle.

Sophia avait pris son avenir en main, tout simplement.

Sa mère laissa échapper un long soupir.

— Entre la fiancée choisie par ton frère Alex et le mariage précipité d'Ash et de Sophia, les médias ont de quoi jubiler ! Ton père a eu raison de te pousser à travailler comme bénévole pour le fils Jackson. En ces temps difficiles, nous devons agir en conséquence.

Bien sûr, songea Natalia en silence. Il s'agissait encore et toujours de ce fichu devoir royal.

— Je sais que cela va se révéler un peu… difficile pour toi, poursuivit la reine Zoe d'un ton soudain plus aimable. Mais un peu de publicité positive est *vraiment* nécessaire en ce moment. Nous comptons sur toi, Natalia.

3.

Natalia s'arrêta devant l'immeuble où Ben Jackson avait loué des bureaux, en plein cœur du quartier des affaires de la capitale. La matinée avait été stressante, au palais. Tout le monde s'agitait à cause de l'aventure scandaleuse de Sophia et Ash, et les paparazzi se tenaient à l'affût devant les grilles. Heureusement, le chauffeur, Enrico, les avait semés.

Mais son investissement personnel ne resterait pas long-temps secret. Natalia imaginait déjà les gros titres :

La bad girl se repentit et joue les âmes charitables…

Même la conduite de Carlotta avait été pardonnée, alors qu'elle s'était retrouvée seule avec un enfant. Mais elle, Natalia… Elle demeurait l'éternelle fêtarde, la princesse superficielle, égoïste et dévergondée. Personne ne souhaitait la voir autrement. Ben Jackson non plus, apparemment.

Natalia redressa les épaules et franchit les portes de l'immeuble avant de se diriger vers les ascenseurs. Elle allait lui prouver son erreur et lui faire regretter de l'avoir impliquée dans son fichu camp de sport !

— Vous êtes en retard.

Elle venait à peine d'entrer que Ben apparut sur le seuil de son bureau en tapotant sa montre en or.

— Il est 9 h 10, Princesse.

— Appelez-moi Natalia, s'il vous plaît, dit-elle d'une voix suave. Ou Votre Altesse, si vous préférez.

Les narines de Ben frémirent.

— Nous ne faisons pas de cérémonie, ici. Nous vous appellerons Natalia.

Trois personnes étaient présentes dans le premier bureau, deux femmes et un homme. Tous les trois la dévisageaient, la bouche entrouverte et les yeux écarquillés.

— Et, poursuivit Ben, nous arrivons *tous* à l'heure.

— Bien sûr, approuva Natalia. Mais j'ai eu un peu de mal avec les journalistes : ils étaient agglutinés aux portes du palais. Mais pas à cause de moi, je précise.

Elle ôta son léger trench et le tendit devant elle. Aussitôt, l'une des deux femmes se précipita pour l'en débarrasser.

— Vous pouvez accrocher votre manteau vous-même, lança Ben d'un ton sec.

Natalia inclina gracieusement la tête. En vérité, elle avait agi sans réfléchir, habituée à ce qu'un domestique accoure à son service.

Appuyé contre le chambranle de la porte, Ben Jackson contempla sa tenue d'un air désapprobateur : elle portait le T-shirt qu'il lui avait donné, mais avec une jupe droite de soie gris perle et un gilet assorti, et de très hauts talons pour compléter l'ensemble.

Autour d'elle, tous étaient en jean, sauf Ben, vêtu d'un nouveau costume sobre et élégant. Il la présenta à son équipe : Francesca, une grande jeune femme d'une vingtaine d'années, à l'air sympathique et dynamique ; Mariana, une femme souriante entamant la quarantaine, et Fabio, un jeune homme timide qui rougit en la saluant. Tous bilingues, ils habitaient Santina et savaient bien sûr qui elle était.

Que pensaient-ils d'elle ? Qu'avaient-ils *lu* sur elle ?

— Venez dans mon bureau, dit Ben d'un ton agacé. Ensuite, vous commencerez à travailler.

Après avoir hoché la tête d'un air faussement soumis, Natalia suivit Ben, qui referma la porte derrière elle.

— Vous pouvez laisser tomber le rôle de la princesse, dit-il d'un ton rogue.

— Mais, enfin, c'est ce que je suis ! répliqua-t-elle en haussant les sourcils.

— Vous savez très bien ce que je veux dire. Ici, *Votre Altesse*, vous êtes l'une de mes employées et rien d'autre.

— Une employée *bénévole*, précisa doucement Natalia.

— En effet. Et durant la période où vous travaillerez avec nous, mes employés ne seront pas vos sujets.

— Vous n'appréciez pas ma politesse ?

— Je n'apprécie pas que vous vous comportiez comme si vous nous *honoriez* de votre présence.

— Oh ! je vois…

Natalia s'assit sur la chaise installée en face de son bureau et croisa les jambes.

— Vous voulez que je me fasse toute petite, c'est cela ? Ben poussa un soupir exaspéré.

— Je veux juste que vous vous conduisiez… normalement, répliqua-t-il.

— Ma conduite est des plus normales.

— Vous trouvez ? fit-il en l'observant d'un air sceptique.

A la fois irritée et inquiète, Natalia soutint son regard. Elle se trouvait en terrain glissant, hors de sa zone de confort.

— Dites-moi, Ben, demanda-t-elle d'un ton aimable. Pourquoi avez-vous insisté pour que je vienne ici ? Pour me donner une leçon, ou pour que je vous aide vraiment ?

Il fronça vivement les sourcils mais resta silencieux.

— Parce que, poursuivit Natalia en se penchant en avant, si j'avais proposé de moi-même de vous aider, sans que vous ne lanciez ce pari ridicule, je ne crois pas que vous me regarderiez de haut devant vos employés, en m'appelant *Princesse* d'un ton railleur.

A ces mots, une lueur brilla au fond des yeux de Ben.

— Mais vous ne l'avez pas proposé, dit-il.

— Et par conséquent, je dois être punie ?

— Je vous traite simplement comme tous ceux qui travaillent ici, Princ… Natalia.

— Ah oui, avec respect et courtoisie, en effet.

A l'immense satisfaction de Natalia, il parut un instant décontenancé, mais il se ressaisit aussitôt.

— Depuis combien de temps fonctionne ce bureau ? demanda-t-elle.

— Bientôt quatre semaines.

Comment se faisait-il qu'elle ne l'ait pas croisé une seule fois ?

— Et vous étiez là durant tout ce temps ?

— Non, je suis arrivé il y a deux jours. Mais à présent, je resterai sur le site durant toute la durée du camp.

— Quelle coïncidence, murmura Natalia, que votre sœur soit maintenant fiancée au futur roi de Santina !

— Non, ce n'est pas vraiment une coïncidence. Sachant qu'Alex était à Londres, je lui ai parlé de mon projet. Par conséquent, il n'est pas difficile à imaginer qu'il ait pu croiser Allegra.

— Et qu'il lui ait demandé sur-le-champ de l'épouser ?

— Leur première rencontre remonte à plusieurs mois, répondit-il avec calme. Ils sont sortis quelque temps ensemble. Par ailleurs, quand on sait, on sait…

— On sait ? répéta-t-elle en haussant les sourcils d'un air dubitatif. Parlez-vous du véritable amour ?

— Vous semblez ne pas y croire.

— Y croyez-vous ?

— Je ne vois pas l'intérêt de discuter de mon avis en la matière, répondit-il d'un ton crispé. Vous êtes ici pour travailler, pas pour vous livrer à des commérages.

Natalia décroisa les jambes et se redressa sur son siège.

— Très bien.

Il n'avait pas répondu à sa question, ce qui l'intrigua malgré elle. En quoi l'opinion de Ben Jackson sur l'amour lui importait-elle ? De son côté, elle n'y croyait pas du tout, pour avoir observé les rapports polis et froids qu'entretenaient ses parents, puis été témoin de l'expérience désastreuse vécue par Carlotta avec son vaurien d'ambassadeur. Sans parler de sa propre tentative de vivre une *vraie* histoire d'amour.

Non, l'amour n'intéressait pas Natalia. Elle n'avait pas de temps à perdre avec ce genre de sentiment, authentique ou pas.

Lorsque Ben se leva, elle l'imita aussitôt.

— Francesca va s'occuper de vous, dit-il. Mais la semaine prochaine, sur le terrain, vous dépendrez directement de moi.

— Comme il vous plaira, répliqua-t-elle en lui adressant son sourire le plus hypocrite.

— Je suis ravi de l'entendre, murmura Ben.

Puis il alla ouvrir la porte et s'effaça pour la laisser passer.

A la grande surprise de Natalia, ses premières heures de bénévolat forcé se déroulèrent sans encombre. Francesca lui donna une pile gigantesque de documents à photocopier, mais se servir de la photocopieuse était tout à fait dans les cordes de Natalia. Toutefois, cette activité se révéla vite monotone, tandis qu'autour d'elle, les autres bavardaient en riant, discutant de livres, de films, de leurs projets de vacances d'été… Peu à peu, elle se mêla à leur conversation animée avec plaisir et sa tâche lui parut moins fastidieuse.

Quant à Ben, il resta cloîtré dans son bureau.

Lorsque l'heure du déjeuner arriva, Natalia était exténuée et mourait de faim. Un peu agacée de se retrouver épuisée au bout de seulement quelques heures de travail, elle proposa d'emmener ses trois collègues déjeuner au restaurant.

— D'habitude, nous nous contentons de sandwichs…

Natalia interrompit Mariana d'un geste.

— Mais vous avez bien une heure de pause, n'est-ce pas ?

— Oui…

— Alors, c'est décidé ! Nous n'avons qu'à laisser un mot à M. Jackson.

Dieu merci, Ben était sorti plus tôt pour aller à un rendez-vous, et Natalia était ravie qu'il ne soit pas rentré.

Francesca rédigea le mot et Natalia les emmena dans l'un de ses restaurants préférés, un petit bistrot situé au fond d'une ruelle. Il n'avait l'air de rien, mais il fallait attendre six mois avant de pouvoir y réserver une table. Heureusement, ils en avaient toujours une de libre pour une princesse.

— Commandez ce que vous voulez, dit-elle.

Puis elle demanda qu'on leur apporte une bouteille de vin en choisissant un grand cru.

Quelques instants plus tard, alors qu'elle levait son verre

pour porter un toast, un frémissement parcourut ses collègues. Se tournant vers l'entrée du restaurant, Natalia aperçut la haute silhouette de Ben. Il avait l'air furieux.

— Venez vous joindre à nous ! lança-t-elle en souriant quand il s'approcha de leur table. J'allais porter un toast.

— Je vous en prie, répliqua-t-il avec lenteur. Ne vous interrompez pas pour moi.

Il prit le verre qu'elle lui tendait en souriant, mais son regard resta glacial.

— A ma première journée de travail ! dit-elle.

Après avoir entrechoqué leurs verres, Natalia vida le sien, tout en sentant le regard de Ben dardé sur elle.

— Vous voulez dire : votre première matinée de bénévolat ? ironisa-t-il en s'asseyant à côté d'elle.

Il s'était penché si bien que ses lèvres frôlèrent presque l'oreille de Natalia. Son souffle lui caressa la peau tandis qu'elle sentait une chaleur incongrue, mais indéniable, la parcourir tout entière.

Natalia se tourna vers lui d'un air enjoué, mais il était trop près. Beaucoup trop près. Elle laissa descendre son regard sur les lèvres de Ben, si sensuelles, si différentes du reste de son visage, tout en angles sculptés.

— Comme vous voudrez, répliqua-t-elle.

Le regard toujours soudé au sien, Ben porta de nouveau son verre à ses lèvres.

Natalia avait commandé une demi-douzaine de ses plats préférés mais, troublée par la proximité de Ben, elle y toucha à peine. Comment avait-elle pu lui trouver l'air *ennuyeux* ?

Lorsque, au moment du dessert, le serveur apporta les *cannoli* à la pistache, Ben regarda sa montre.

— Tout cela a l'air délicieux, Votre Altesse, mais je crains que nous ayons dépassé l'heure réservée à la pause-déjeuner.

Il sourit au serveur.

— Pourriez-vous nous les envelopper, s'il vous plaît ?

Soudain, Natalia se sentit ridicule. Proposer ce déjeuner avait été stupide. Ses collègues devaient partager son avis car ils regagnèrent tous le bureau en silence, l'air désolé.

Alors qu'elle se dirigeait vers la photocopieuse, Ben s'arrêta sur le seuil de son bureau.

— Natalia ? Je voudrais vous dire quelques mots.

Elle sentit son cœur bondir. Allait-il lui faire de nouveau des reproches ? Sans aucun doute.

La tête haute, elle passa devant lui, puis entendit la porte se refermer derrière elle.

— Très réussi, votre petite séance d'épate ! lança Ben d'une voix suave.

— Ce n'était qu'un déjeuner.

— Peut-être dans votre monde, Princesse…

— Natalia, corrigea-t-elle d'une voix ferme.

— Mais la plupart des employés de bureau n'ont pas les moyens de s'offrir un repas de deux heures, avec langouste et champagne.

— C'était du vin.

Il plissa le front.

— Si vous voulez travailler ici…

— Mais je ne travaille pas vraiment, n'est-ce pas ? Je fais du *bénévolat*.

— Vous êtes sous mes ordres, rétorqua Ben d'un ton sec. Et je ne tolérerai pas que vous vous pavaniez au milieu de vos collègues au lieu d'effectuer votre travail !

Natalia posa les mains sur son bureau et se pencha vers lui en souriant.

— Dans ce cas, vous auriez peut-être dû réfléchir un peu plus avant de lancer ce pari stupide !

Leurs visages se trouvaient maintenant tout proches. Il aurait suffi qu'elle se penche encore un tout petit peu pour l'embrasser. Ses lèvres seraient-elles dures ou douces, consentantes ou récalcitrantes ? Ben prendrait-il le contrôle de ce baiser, l'approfondirait-il ? Natalia sentit une sensation déstabilisante naître au fond de son ventre. Il devait embrasser comme un dieu, songea-t-elle avec un frisson.

Son cœur se mit à battre de plus en plus vite, de plus en plus fort. Ç'aurait été si facile… et pourtant, c'était impossible. Rien qu'à le provoquer ainsi, elle jouait déjà avec le feu. Or Natalia ne voulait pas se brûler. Car, pour l'avoir vécu, elle savait combien c'était douloureux.

Les yeux brillants, Ben finit par reculer.

— Je comprends, dit-il. Vous prenez votre revanche.

Natalia se contenta de hausser les épaules. Son cœur battait toujours violemment et en vérité, elle se sentait dépassée par les événements. Elle était arrivée au bureau avec l'intention d'agacer Ben en jouant les princesses gâtées…

Mais n'était-ce pas ce qu'elle était vraiment ? A vrai dire, elle ne savait plus quand elle jouait un rôle et quand elle était elle-même. Quant au déjeuner… Elle avait lancé l'invitation par pure gentillesse. Elle avait réellement aimé bavarder avec Francesca, Mariana et Fabio, et leur offrir ce repas lui avait semblé un geste normal, susceptible de leur faire plaisir.

Mais lorsque Ben les avait rejoints, sans dissimuler sa réprobation et son dédain, elle avait repris son rôle, dans le seul but de l'irriter. Et visiblement, elle avait réussi.

A présent, il arborait une expression tellement supérieure… Il la *jugeait*. Natalia se sentit envahie par un tumulte d'émotions contradictoires. Tout devint confus en elle, à cause de *lui*…

Elle se redressa et écarta ses mains du bureau.

— Je retourne travailler ? demanda-t-elle avec une politesse exagérée.

— Vous voulez dire jouer les bénévoles ? répliqua-t-il avec un sourire ironique. Oui, allez-y…

Lorsqu'elle rejoignit Francesca, celle-ci lui tendit une pile de dossiers sans la regarder en face.

— Vous pouvez les ranger dans ce classeur, dit-elle en désignant un affreux meuble en métal gris.

— Vous avez déjà beaucoup de dossiers, remarqua Natalia en essayant de refouler la panique qui s'emparait d'elle.

— Cela fait presque un mois que nous sommes installés ici, répondit Francesca. Et il y a tellement de paperasse : les documents légaux, d'assurance…

— Bon, dit Natalia en se tournant vers le classeur. Je les mets tous dans les tiroirs ?

— Oui, rangez-les par ordre alphabétique. C'est simple, ils ont tous une étiquette.

— Très bien.

C'était simple, mais pas facile pour autant. Natalia posa la pile de dossiers sur le classeur. Puis elle déglutit, et lissa sa jupe. Elle allait prendre les dossiers un par un et travailler lentement. Mais ranger toutes ces chemises lui paraissait aussi redoutable qu'escalader le mont Everest — pieds nus…

Durant l'heure qui suivit, ses collègues restèrent silencieux, ce qui n'aida pas Natalia dans sa tâche laborieuse. Soudain, Ben sortit de son bureau pour annoncer qu'il s'absentait un moment.

Après son départ, l'atmosphère s'allégea peu à peu et tous se remirent à bavarder, ce qui ragaillardit Natalia. Alors qu'elle était en train de décrire la robe qu'elle avait portée pour assister à un bal donné au palais, tenant son auditoire en haleine, Ben réapparut.

— Trois rangs de perles soulignaient l'ourlet ! J'ai dû perdre un kilo, ce soir-là…

Ben ne dit pas un mot, mais une tension manifeste émanait de lui.

— Natalia, dit-il d'un ton neutre. Pourriez-vous venir dans mon bureau un instant, s'il vous plaît ?

— Mais bien sûr, dit-elle avec le plus de légèreté possible.

Dès qu'il eut refermé la porte, elle reprit en souriant :

— J'ai l'honneur d'être convoquée *deux* fois dans le bureau du directeur ! Ce doit être mon jour de chance.

— Ou le mien…

Il s'appuya le dos à la porte et croisa les bras en fermant à demi les paupières. Ses cils étaient incroyablement longs, remarqua Natalia. Chez un autre, ces cils, ces lèvres sensuelles auraient paru efféminés, mais Ben était trop viril pour cela.

— Vous vous amusez bien, Princesse, à travailler aussi lentement ? Et à distraire vos collègues ?

— A vrai dire, mon but véritable est de vous énerver. Et le fait que ce soit amusant représente un bonus.

— Et vous comptez passer tout le mois ainsi ?

— Je me lasserai sans doute bien avant la fin. A un certain stade, je devrai changer de stratégie.

Natalia redressa le menton alors qu'en réalité, elle sentait son cœur marteler sa poitrine. Le fait de devoir classer ces dossiers la terrorisait. Mais elle aurait préféré mourir plutôt que de laisser soupçonner la vérité à Ben.

Après un long silence tendu, il éclata de rire, la prenant totalement au dépourvu.

— Vous êtes stupéfiante !

— Merci.

— Je ne suis pas sûr de l'avoir dit comme un compliment.

— Peu importe, je le prends comme tel.

Il rit de nouveau en secouant la tête.

— Sérieusement, Natalia…

Un frisson naquit au creux de ses reins. Le son de son prénom sur ses lèvres… Il n'avait pas dit « Princesse » d'un ton moqueur, ni « Votre Altesse » d'une voix dédaigneuse. Il avait juste prononcé son prénom.

— Sérieusement ? répéta-t-elle.

— Oui, je sais, le sérieux va à l'encontre de votre nature.

— En effet.

— Si vous continuez à ce rythme, le mois va vous paraître long.

Natalia haussa les épaules en souriant, mais ne trouva rien à répliquer.

— Vous voulez vous venger, poursuivit Ben, et — qui sait ? — je le mérite peut-être.

— Qui sait ? Moi, par exemple.

La bouche de Ben frémit et, quand il sourit, Natalia sentit redoubler les battements de son cœur.

— Toutefois, pour le bien des enfants…

Elle haussa un sourcil.

— Les enfants se soucient du classement des dossiers ?

— Vous m'avez très bien compris, répondit-il avec calme.

Natalia sentit une sensation inconnue lui nouer la poitrine, de douceur et de désir mêlés. C'était insupportable.

A cet instant, Ben fronça les sourcils en penchant légèrement la tête sur le côté. Natalia comprit alors qu'il ne la croyait pas. Il soupçonnait qu'elle mentait, qu'elle dissimulait quelque chose.

— Ce sera tout, chef?

— Pour l'instant.

Sans le regarder, Natalia sortit du bureau et alla retrouver son classeur en refoulant son appréhension. Cependant, elle était soulagée d'échapper au regard perçant de Ben Jackson. Cet homme était bien trop perspicace pour son confort… et sa sécurité.

Ben resta un moment à fixer la porte que Natalia venait de refermer derrière elle d'une main ferme. Cette femme le troublait beaucoup trop, songea-t-il en plissant le front. Elle réussissait à l'agacer, à l'intriguer et à l'exciter en même temps, ce qui le mettait mal à l'aise. Les femmes ne s'approchaient pas de lui ; aucune. Les laisser faire aurait équivalu à perdre le contrôle, or Ben ne perdait *jamais* le contrôle.

Néanmoins, dès l'instant où Natalia était apparue dans sa vie, elle avait entamé le self-control dont il était si fier, et qui formait la pierre angulaire de sa personnalité. En effet, après avoir été témoin des mariages successifs de son père, vu la vie de sa mère anéantie à chacune des infidélités de celui-ci, Ben n'avait aucun désir de s'engager dans une liaison amoureuse.

Et pourtant, Natalia était parvenue à l'ébranler. Ce constat le rendait malade. Comment pouvait-il être affecté par une femme comme elle ?

Dès le début, son attitude l'avait agacé — plus qu'elle ne l'aurait dû. Ensuite, Ben avait espéré qu'en rejoignant son projet, la princesse descendrait un peu de son piédestal. Il n'avait certes pas escompté que ses employés seraient fascinés par sa présence et resteraient béats d'admiration devant elle, ni que Natalia jouerait les Grace Kelly.

Mais surtout, il n'aurait pas dû se laisser perturber par cette femme. Or, il se voyait forcé d'admettre que, au-delà de l'agacement que Natalia suscitait en lui, le sentiment qui le démangeait, le *dévorait*, était d'une tout autre nature.

Il s'agissait de désir.

La princesse Natalia Santina était une très belle femme. A la soirée organisée en l'honneur des fiançailles du prince Alessandro et d'Allegra, ses charmes avaient été à peine dissimulés sous cette robe qui lui couvrait à peine les fesses. Taraudé par le désir, Ben avait contemplé ses yeux en amande, ses courbes minces mais délicieusement féminines, et ses jambes interminables au galbe parfait. Mais il lui avait été facile de refouler ses instincts.

Tandis que lorsqu'elle avait posé les mains sur son bureau, lui offrant une vue plongeante sur son décolleté et la fragrance citronnée de son parfum… Quand son regard s'était retrouvé soudé au sien, il avait senti un désir violent prendre possession de lui.

Le contrôle lui échappait. Ben ne voulait pas désirer cette femme. Il avait déjà assez à faire avec la préparation de ce camp, la conduite de ses affaires, et le rôle de grand frère et de fils aîné qu'il assumait en permanence. Il n'avait pas besoin de complications d'ordre sentimental, surtout avec une créature au profil aussi dangereux que la princesse Natalia.

S'il n'y prenait garde, il risquait fort de se retrouver en première page des journaux à scandale, comme le reste de sa famille — ce qui était vraiment le dernier de ses souhaits.

Après avoir ouvert le dossier posé devant lui, Ben se remit au travail. A 19 heures passées, il entendit ses employés partir, puis le bruit de la porte qui se refermait. Il finirait d'examiner ces documents chez lui, décida-t-il en se levant, dans la villa qu'il avait louée au bord de la mer pour la durée de son séjour à Santina.

Il ouvrit la porte avant de s'arrêter net : Natalia était encore là, penchée au-dessus du tiroir ouvert du classeur.

La première chose qu'il remarqua, ce fut la façon dont sa jupe épousait les courbes ravissantes de ses hanches. Puis il laissa remonter son regard et vit qu'elle rangeait les dossiers. Ainsi, elle était restée pour finir son travail… Ce qui signifiait qu'elle n'avait pas fait exprès de procéder avec lenteur. Perplexe, Ben la contempla en fronçant les sourcils.

Comme si elle avait senti sa présence, elle se redressa et se retourna. Une ombre passa dans son regard, puis elle pencha la tête de côté en lui décochant un sourire aguicheur. Mais, cette fois, Ben ne se laissa pas berner un instant.

— Vous n'aviez pas à rester aussi tard.

Elle haussa une épaule mince d'un air insouciant.

— Je voulais terminer mon travail, dit-elle. Mais je crois que je déteste le classement.

Après avoir repoussé une mèche couleur de miel derrière son oreille, elle se retourna vers le classeur. Il y avait une telle tension dans ses épaules, dans tout son corps… Elle avait l'air exténuée.

— Laissez-moi terminer.

— Non, je peux le faire, affirma-t-elle avec force.

Mais Ben avait déjà glissé les derniers dossiers à leur place et refermé le tiroir. Cela lui avait pris moins d'une minute. Pourquoi avait-il fallu des heures à Natalia ? se demanda-t-il en l'observant. Son beau visage était presque livide. Il ne s'agissait pas de vengeance, elle avait vraiment essayé de bien faire.

— Eh bien voilà, vous avez effectué votre première journée de bénévolat ! dit-il d'un ton léger.

Il était conscient de la proximité de son corps svelte, de la douceur satinée de sa joue, de la façon dont sa poitrine se soulevait, à un rythme trop rapide.

— Félicitations ! reprit-il en reculant d'un pas.

— Vous êtes déçu, j'en suis sûre ! riposta-t-elle en redressant les épaules.

— Je ne dirais pas cela.

— Vous mentez : vous avez lancé ce pari dans le seul but de me voir échouer.

Elle parlait d'une voix neutre, à présent, sans plus aucun accent chantant. Ben se rendit compte que cela lui manquait.

— J'ai lancé ce pari…

Pourquoi avait-il tant insisté pour qu'elle vienne rejoindre son équipe durant un mois ? se demanda-t-il en la dévisa-

geant. Pour prendre sa revanche, se faire de la publicité ?
Ou pour lui donner une leçon ? Ou pour une raison bien plus
dangereuse : parce qu'il désirait la revoir, être près d'elle ?

— Vous avez perdu votre langue ? demanda doucement
Natalia. En tout cas, cela fait un jour de moins : plus que
vingt-neuf !

Lorsqu'elle se tourna pour prendre son manteau, Ben la
devança et le tendit devant elle pour qu'elle l'enfile.

— Je peux l'accrocher toute seule, mais pas le remettre ?
lança-t-elle d'un ton moqueur.

Il y avait eu quelque chose de cassant dans sa voix, une
inflexion qu'il n'avait encore jamais perçue. Que se passerait-il
si sa façade mondaine craquait vraiment ? se demanda-t-il.
Quel genre de femme se révélerait-elle alors ?

Quand elle glissa les bras dans les manches et que les
doigts de Ben effleurèrent doucement ses épaules, il la
sentit frémir, puis se raidir, de tout son corps. Il sentit
aussi la réaction de son propre corps, si violente qu'il lui
fallut faire appel à toute sa volonté pour écarter ses mains
de la jeune femme.

— Faisons une trêve pour la soirée, proposa-t-il.

Elle était si proche que, lorsqu'elle se retourna, ses cheveux
lui caressèrent la joue.

— Vous parlez sérieusement ? Où serait le plaisir ?

— Je ne sais pas trop. Mais se maintenir à votre niveau
est épuisant, Princesse, soupira-t-il.

— Oui. Je suis rapide.

Puis elle passa devant lui et se dirigea vers la porte,
tandis que Ben se demandait si elle venait de lui lancer un
avertissement — ou si elle s'était moquée d'elle-même. En
tout cas, une inflexion amère avait teinté sa voix.

— Laissez-moi vous offrir un verre, dit-il. Nous avons
survécu tous les deux, ça se fête !

Son invitation le surprit lui-même, et le choqua. Il ne
désirait absolument pas se montrer en public avec la princesse
Natalia. La presse leur tomberait dessus en moins de cinq
minutes, et leurs photos, accompagnées des spéculations les

plus folles, s'étaleraient dans tous les torchons du lendemain. Tout ce qu'il haïssait.

Sauf que, pour l'instant, il ne pouvait penser qu'à ce qu'il *désirait*.

Ses belles lèvres roses entrouvertes, Natalia le regarda en silence, tandis que le désir fusait de nouveau en lui.

Sortir avec elle, ne serait-ce que pour prendre un verre, était aussi dangereux que stupide…

Soudain, un éclair flamba dans les yeux de Natalia.

— Je ne dis jamais non quand on m'offre un verre, dit-elle en posant la main sur la poignée de la porte.

4.

Natalia décida d'emmener Ben dans un bar à vins chic et branché où elle avait ses habitudes. Elle aurait pu choisir un endroit plus discret mais, poussée par une envie puérile, elle choisit un lieu fréquenté par les riches et célèbres, comme pour prouver à Ben qu'il avait raison à son propos, ou peut-être juste pour l'irriter. Au fond, Natalia n'en savait rien.

Dès qu'ils franchirent le seuil, un serveur se précipita vers eux, trébuchant presque dans sa hâte.

— Princesse Natalia ! Quel plaisir de vous voir ! Votre table habituelle ?

— Merci, Giorgio, dit-elle. Mais aujourd'hui, je préférerais plutôt aller au fond.

Sa table habituelle étant située près des baies vitrées, de façon à offrir une cible idéale aux paparazzi, Natalia pressentait que Ben répugnerait à s'y installer. Pour une fois, elle pouvait bien montrer un peu de considération à son égard.

Giorgio les conduisit dans un coin discret, un peu à l'écart des autres tables. Dès qu'ils furent assis, un autre serveur leur apporta des olives.

Lorsque Ben prit la carte des vins et la parcourut d'un air absent, Natalia en profita pour le regarder.

Il était vraiment très attirant. Ses cheveux bruns coupés court mettaient en valeur ses hautes pommettes saillantes et la ligne déterminée de sa mâchoire. Dans ce visage austère, ses yeux formaient deux petits lacs bleus, qui étincelaient parfois comme de la glace. Natalia sentit son propre corps réagir à la proximité de cet homme séduisant et mystérieux, et son cœur battre la chamade.

A cet instant, il redressa la tête et la surprit en train de le regarder. Aussitôt, il lui adressa l'un de ces sourires moqueurs dont il avait le secret.

— Avez-vous une préférence ? demanda-t-il.

— Que diriez-vous d'une coupe de champagne ? proposa Natalia.

— Bonne idée.

Il avait à peine reposé la carte sur la table qu'un serveur se dirigea vers eux.

— Une bouteille de votre meilleur champagne, dit Ben.

Natalia se tourna vers lui en haussant les sourcils.

— Vous savez combien cela coûte ? demanda-t-elle lorsque le serveur se fut éloigné.

— Dans un endroit comme celui-ci ? répliqua Ben en s'appuyant à son dossier. Dans les cinq cents euros, je suppose. Vous soucieriez-vous de détails aussi prosaïques, Princesse ?

— Je m'en moque totalement. Mais je pensais que vous pourriez être surpris en voyant l'addition. Les nouveaux riches…

— Je croyais que nous avions fait une trêve.

— J'ai dit que je n'en voyais pas l'intérêt.

Ben la regarda d'un air songeur qui la mit mal à l'aise. Quand il avait terminé le classement à sa place, il l'avait fixée d'un air compatissant. Décidément, il se montrait trop compréhensif, trop perspicace.

— Ainsi, vous allez chercher à m'irriter et à batailler avec moi pendant un mois ? demanda-t-il enfin.

Elle haussa les épaules. Il était hors de question qu'elle lui avoue que cette simple perspective l'épuisait. Mais avait-elle le choix ? Elle ne pouvait pas opter pour la sincérité, c'était absolument impossible.

— Jusqu'à ce que je m'en lasse.

— Et combien de temps vous faudra-t-il pour vous lasser ?

— Cela dépend de vous. De l'amusement que vous me procurerez.

— Apparemment, nous avons des conceptions différentes de l'amusement.

— Je n'en doute pas.

— Dites-moi, Princesse, comment vous amusez-vous, en dehors du shopping et des soirées mondaines ?

Il n'y avait eu aucun jugement dans sa voix, mais Natalia se sentit néanmoins jugée. Il n'avait pas choisi n'importe quels termes pour poser sa question. Il la trouvait superficielle, sans doute.

— Qu'y a-t-il d'autre ? Envisageriez-vous de me faire la leçon en invoquant le devoir, et la satisfaction que procure le travail bien fait ? demanda-t-elle en roulant des yeux d'un air faussement horrifié.

Un faible sourire passa sur les lèvres de Ben.

— D'accord. Alors, une autre question : qu'espérez-vous retirer des quatre semaines à venir ?

Des réponses diverses se bousculèrent dans l'esprit de Natalia, toutes aussi stupides les unes que les autres.

— Vous avez perdu votre langue ? demanda-t-il.

— Je reconnais que je n'ai envisagé le mois à venir que comme un test d'endurance.

— C'est normal. Je vous l'avais présenté comme ça.

— Vous avez changé d'avis ?

— Un mois, c'est long pour un simple test, répliqua-t-il avec un haussement d'épaules.

Elle se pencha vers lui en souriant.

— Excellente raison pour y mettre un terme dès maintenant. Comme ça, nous serions tranquilles tous les deux.

Un rire terriblement sexy jaillit des lèvres de Ben.

— Oh ! je ne pensais pas du tout à cela ! s'exclama-t-il, les yeux brillants.

Le serveur arriva avec le champagne, fit sauter le bouchon en souriant, puis remplit deux coupes d'un liquide doré et pétillant.

Lorsque Ben souleva la sienne, Natalia l'imita.

— Aux vingt-neuf prochains jours ! dit-il. Et à tout ce qu'ils nous réservent.

Natalia murmura son approbation et prit une gorgée de champagne dont les bulles fraîches lui picotèrent la langue. Que pourrait-elle bien retirer du mois à venir ? La question de Ben la tracassait.

— Quelque chose ne va pas ? demanda Ben.

Surprise de s'être laissé deviner, Natalia redressa la tête.

— Non, pas du tout, répondit-elle d'un ton dégagé. Je bois l'un des meilleurs champagnes que j'aie jamais bus, avec un homme superbe, même s'il est un peu coincé. Peut-être qu'après quelques coupes de ce délicieux nectar, il va se détendre un peu ?

Elle lui adressa un regard séducteur en baissant à demi les paupières. Elle ramenait la conversation sur un terrain familier, où le sol restait ferme.

— Vous n'aimez pas que je vous pose des questions, n'est-ce pas ?

Décidément, il la comprenait trop bien.

— Et vous, vous n'aimez pas flirter, n'est-ce pas ? riposta-t-elle du tac au tac.

— Oh ! flirter ne me dérange pas…

Sa voix profonde se réverbéra tout le long du dos de Natalia, en une foule de sensations exquises.

— Mais vous ne flirtez pas, poursuivit-il avant de porter sa coupe à ses lèvres. Vous essayez seulement de m'empêcher de vous connaître.

Un frisson désagréable parcourut Natalia.

— Vous ne souhaitez pas vraiment me connaître.

Il reposa sa coupe sur la table.

— Pauvre petite princesse ! ironisa-t-il. Que personne ne comprend. Que personne n'aime…

Natalia le regarda en silence. Elle aurait voulu éclater de rire, mais aucun son ne franchit ses lèvres. Sa poitrine lui faisait mal, sa gorge la brûlait. Elle avala une longue gorgée de champagne, sans ressentir aucun soulagement.

— Apparemment, vous lisez en moi comme dans un livre ouvert, dit-elle en se passant la main dans les cheveux.

— Pourquoi vous a-t-il fallu autant de temps pour classer les dossiers ? demanda-t-il avec calme.

L'espace d'un instant, Natalia se figea et se sentit très vulnérable. Puis elle leva une main en agitant les doigts.

— Faire du classement abîme les ongles, dit-elle en lui adressant un sourire stupide.

La bouche de Ben se serra, mais son expression ne changea pas d'un iota.

— La semaine prochaine, vous pourrez dire adieu à vos ongles.

— Qu'attendez-vous de moi, exactement?

— De faire ce qu'il y a à faire, répondit-il sans se départir de son calme.

Mais sous ce calme perçait une dureté, une détermination sans faille. Ben Jackson était un adversaire redoutable, se dit Natalia en songeant à la façon dont il avait réussi à convaincre son père. Il pouvait probablement obtenir tout ce qu'il voulait, de n'importe qui. Même d'elle.

Elle repoussa cette pensée, ainsi que les images qui défilaient dans son esprit : celle de Ben la contemplant avec langueur, et non de cet air calme et songeur. Ben l'attirant dans ses bras et effleurant ses lèvres de sa bouche si sensuelle, si mobile. Ben laissant glisser ses mains...

Non. Natalia chassa ces visions absurdes. Envisager de se rapprocher de Ben Jackson aurait été de la folie pure. Il avait déjà deviné, et compris, beaucoup trop de choses.

— Je dois vous préciser que j'ignore tout du football.

— Oh! ne vous en faites pas...

Il s'interrompit un instant et lui adressa un sourire qui fit naître de délicieux petits frissons dans son ventre.

— Je serai là pour vous apprendre ce que vous devrez savoir, reprit-il sans cesser de sourire.

Les frissons se transformèrent en un tourbillon voluptueux qui se propagea dans tout son corps. Si elle tendait la main, elle pourrait le toucher. Comment serait sa peau sous ses doigts? Natalia imagina le léger frottement de sa barbe naissante. Et ses lèvres? Elle avait passé tant de temps à songer à la bouche de Ben, à ses yeux, au corps puissant dissimulé sous son costume sobre et élégant...

Il fallait qu'elle s'arrête. Un peu de flirt, d'accord, mais *pas de désir*. C'était trop dangereux.

— Je vous préviens : je ne suis pas très bonne élève, répliqua-t-elle d'un ton léger.

— Ne vous en faites pas, je suis bon professeur.

Ses yeux étincelèrent, prenant une teinte proche de l'outremer, et sa belle bouche s'étira en un léger sourire. Il savait à quoi elle pensait ! Horrifiée, Natalia s'efforça de se ressaisir. Comment était-il possible que cet homme la devine aussi bien ? Elle avait passé toute sa vie à se cacher, même si au fond d'elle-même elle mourait d'envie que quelqu'un la comprenne, elle, celle qu'elle était vraiment, et non la princesse mondaine.

— Je dois m'en aller, dit-elle soudain.

— Mais… il est à peine 20 heures, la soirée ne fait que commencer…

— J'ai prévu autre chose, mentit-elle en se levant.

Un serveur se précipita vers elle.

— Votre Altesse ?

— Mon manteau, s'il vous plaît.

Ben se leva à son tour.

— Je vous raccompagne.

— Non. Je vais appeler mon chauffeur…

— Et le faire venir ici alors que je suis disponible ? Ce serait stupide.

Il la jugeait, une fois de plus. Il pensait qu'elle se fichait des autres. A ses yeux, elle était irrémédiablement égoïste, creuse, superficielle. Inutile. Comme le proclamaient tous les journaux à sensation.

— Très bien, dit-elle en contemplant la bouteille à cinq cents euros à laquelle ils avaient à peine touché. J'attendrai que vous alliez régler l'addition.

— Oh ! ne vous inquiétez pas, Princesse. Je suis connu, ici.

Puis il passa devant elle avec un sourire, savourant sans doute sa surprise et son embarras.

Après avoir enfilé son manteau, Natalia suivit Ben en fulminant contre lui. Ce diable d'homme finissait toujours par avoir le dernier mot…

Lorsqu'elle franchit le seuil du bar, l'un de ses talons resta coincé entre deux pavés, et elle trébucha. Aussitôt, Ben lui passa le bras autour de la taille pour l'empêcher de tomber. Natalia se retrouva serrée contre lui, ses seins pressés contre son torse ferme. Sans réfléchir, elle posa la main sur son épaule pour reprendre son équilibre.

Son cœur se mit alors à tambouriner dans sa poitrine, comme si elle venait de piquer un cent mètres. Natalia perçut la senteur de Ben, boisée et fraîche, savoura la sensation de son corps musclé, palpitant de désir, de vie, contre le sien. Tous ses sens semblaient se réjouir à ce contact.

Brusquement, un flash jaillit. Puis d'autres crépitèrent autour d'eux. Une demi-douzaine de paparazzi les avait attendus à la sortie du bar.

Avec le plus grand calme, Ben la lâcha et recula d'un pas, le visage dénué de toute expression. Mais sous son flegme apparent, il bouillait de rage, sentit Natalia.

Il s'avança dans la rue à grands pas tandis qu'elle s'efforçait de le suivre avec difficulté et que les journalistes se lançaient à leurs trousses.

— C'est votre dernière conquête, Princesse ?

— Un baiser ! S'il vous plaît !

Ben accéléra l'allure, puis tourna soudain au coin d'une rue sombre et étroite.

— Attendez ! s'écria-t-elle en peinant à garder le rythme.

— Vous préférez rester avec *ça* ? lança-t-il avec mépris en désignant sa chaussure. Oui, bien sûr… Très réussi, le coup du talon cassé, Princesse. C'est tout à fait votre style.

Ainsi, il croyait qu'elle avait feint de trébucher…

— Je voudrais éviter de me casser la cheville, dit-elle en haletant.

Ben se retourna brièvement vers elle avant de s'enfoncer dans une ruelle, entre deux immeubles à moitié en ruine. Y voyant à peine, Natalia buta sur des vieux pots en terre empilés contre le mur. Ils tombèrent sur les pavés avec un bruit épouvantable qui se répercuta à l'infini.

L'obscurité était si dense que Natalia cligna des yeux pour essayer de distinguer un éventuel obstacle. Elle haïssait se retrouver dans le noir !

— Où… Où allons-nous ?

— Loin de cette meute, répondit Ben d'une voix coupante.

Et si vous comptez me traîner dans la boue pendant un mois, vous vous trompez, Princesse.

A cet instant, Natalia entendit les motos s'éloigner.

— Je crois que nous les avons semés, murmura-t-elle.

Mortifiée de penser que Ben puisse deviner à quel point elle était terrorisée, elle redressa les épaules.

— N'avez-vous pas reconnu vous-même qu'un peu de publicité ne faisait pas de mal ? reprit-elle en se redressant.

Ben se retourna si vite qu'elle en perdit presque l'équilibre. Natalia distinguait à peine ses traits, mais elle sentait la colère irradier de lui, mêlée à un autre sentiment, plus trouble.

Lorsque Ben se rapprocha d'elle, Natalia sentit son corps frôler le sien, entendit les battements sourds de son propre cœur et leurs deux souffles précipités. Il pencha la tête vers elle jusqu'à ce que sa bouche ne se trouve plus qu'à quelques millimètres de la sienne. Le désir fusa alors en Natalia, en une folle spirale, impossible à contrôler.

Alors qu'il ne l'avait même pas embrassée ! Mais il allait le faire… Le vertige la gagna. Elle ne pouvait penser qu'à la sensation de ses lèvres sur les siennes, elle *brûlait* de les sentir.

— Ne jouez pas à vos petits jeux avec moi, Princesse…

Leurs deux bouches étaient si proches que, si Natalia faisait le moindre mouvement, elles se toucheraient. Mais elle était paralysée par le désir. Aussi resta-t-elle le dos au mur, la tête légèrement en arrière, les lèvres entrouvertes, en proie au désir le plus violent qu'elle eût jamais éprouvé. Ben allait l'embrasser. Seul cela comptait.

Brusquement, il s'écarta d'elle.

— Ils sont partis, dit-il d'un ton neutre. Allons-nous-en.

Les jambes tremblantes, Natalia le suivit sans dire un mot jusqu'au bout de la ruelle qui débouchait sur une rue bien éclairée.

Ses lèvres la brûlaient, comme si Ben l'avait vraiment embrassée.

5.

— La vérité qui se cache derrière le projet de la Fondation Jackson, lut Ben à voix haute.

Ses employés baissèrent les yeux avec gêne.

— Le nouvel amant de la princesse Natalia, poursuivit-il avant de jeter le journal sur son bureau d'un geste rageur. Il était furieux contre la presse, contre Natalia, et surtout contre lui-même. Son projet se voyait traîné dans la boue avant même l'ouverture du camp. Tout à fait le type de publicité qui le révoltait et qu'il exécrait.

Pourquoi était-il allé dans ce bar avec Natalia Santina, bon sang ? Alors qu'il connaissait les risques d'une telle folie, il avait foncé dans le piège, tête baissée. Comme un imbécile.

Il l'avait invitée à prendre un verre parce qu'il la désirait. Dans la ruelle, il avait failli l'embrasser. Il avait été si près de goûter ses lèvres qu'il en avait savouré la douceur. Ses mains avaient brûlé d'explorer ses formes ravissantes moulées dans cette petite jupe ajustée, de se glisser sous son T-shirt…

Jamais Ben n'avait désiré une femme aussi violemment. Et pourtant, ce n'était pas cela qui suscitait le plus sa colère. C'était *l'autre* désir, plus pernicieux. Car Ben refusait de croire que Natalia n'était qu'une créature superficielle. Il avait discerné ces éclairs de vulnérabilité dans ses yeux, perçu son courage et sa détermination.

Il en désirait davantage — car il y *avait* davantage en elle.

— Si un journaliste appelle, dites-lui que nous n'avons aucun commentaire à faire et que le camp se déroulera comme prévu. Et lorsque Natalia arrivera, dites-lui de venir me voir *immédiatement*.

Ses trois employés hochèrent la tête et quittèrent la pièce.

Une fois seul, Ben reprit le journal. Les exploits de la famille Santina s'étalaient sur presque toutes les pages de ce torchon. Les fiançailles d'Alessandro et d'Allegra passaient au second plan, cédant la vedette à un événement plus croustillant : apparemment, la princesse Sophia s'était enfuie en Inde avec un maharajah. Et sa sœur Carlotta, la mère célibataire tombée en disgrâce, avait hérité du prince dédaigné par Sophia. Et dire que Natalia avait eu le culot de critiquer la famille Jackson !

Ben examina la photo les montrant tous les deux, devant le bar. Il avait passé le bras autour de la taille de Natalia, qui avait posé la tête sur son épaule. Ils ressemblaient à n'importe quel couple d'amoureux…

Le dégoût lui tordit le ventre tandis qu'il jetait de nouveau le journal sur son bureau. Elle avait tout manigancé, en le prenant pour un idiot !

Lorsqu'on frappa, il se redressa sur son siège. La porte s'entrouvrit et la tête de Natalia apparut, un petit sourire aux lèvres, les sourcils haussés d'un air moqueur.

— Entrez, fit-il en se levant brusquement. Et refermez la porte, s'il vous plaît.

— Oh oh… on n'a pas bien dormi ! fit Natalia en obéissant avec un empressement exagéré.

Puis elle vint se planter devant son bureau.

— Vous ne portez pas votre T-shirt, dit Ben.

C'était stupide, comme remarque, mais il n'avait pu s'empêcher de la faire. Natalia portait une jupe droite noire et moulante, ainsi qu'un chemisier blanc. Ces vêtements étaient simples et pourtant, sur elle, ils étaient aussi sexy qu'un déshabillé en dentelle noire.

Fasciné malgré lui, Ben se trouva incapable de détacher son regard de ses jambes interminables gainées de soie anthracite, de ses pieds chaussés de sandales noires à hauts talons. La jupe mettait en valeur les courbes parfaites de ses hanches, et Natalia avait laissé son chemisier entrouvert sur sa gorge, révélant un pendentif en argent posé entre ses seins.

— Je l'ai donné à laver, dit-elle. Alors, si c'est l'uniforme obligatoire, vous pourriez peut-être m'en donner un de rechange ?

Il hocha la tête en silence. Les vêtements qu'elle avait choisis lui allaient à ravir… Ben interrompit le cours de ses pensées, contrarié d'avoir abordé lui-même ce sujet.

— Dites-moi, Natalia, comment se fait-il qu'en l'espace de vingt-quatre heures, vous ayez réussi à semer la pagaille ?

— C'est sans doute un don naturel chez moi.

Ben posa ses mains sur le bureau et se pencha vers elle.

— Vous rendez-vous compte du mal qu'a causé votre stupide petit complot ?

Elle battit des paupières d'un air surpris, puis ses traits se détendirent et se vidèrent de toute expression.

— De quoi parlez-vous ? demanda-t-elle lentement.

— Vous n'avez pas vu les journaux ?

— Je ne les regarde jamais.

— Comme c'est étrange… J'aurais pensé que vous savouriez leur lecture.

— Cela prouve une fois de plus que vous me connaissez très mal.

— En tout cas, répliqua-t-il d'un ton sec, en trébuchant devant le bar, vous avez réussi un exploit ! D'après la presse, j'ai créé ce camp dans le seul but de partager votre lit.

— C'est totalement ridicule, répliqua-t-elle avec dédain. Il y aurait un moyen plus simple de partager mon lit.

L'espace d'une seconde, Ben eut la sensation bizarre qu'elle se rabaissait à dessein. Sa colère retomba aussitôt. Il réagissait de façon excessive, se dit-il, à cause de ses propres expériences passées avec la presse. Cependant, il n'arrivait pas à se débarrasser de l'amertume qui lui restait aux lèvres.

— Lisez ça, dit-il en lui fourrant le journal entre les mains.

Elle le parcourut, puis le laissa tomber sur le bureau.

— Ce ne sont que des ragots. N'en tenez pas compte.

— Avez-vous *lu* ? demanda Ben.

— Parcouru.

— Qu'en pensez-vous ?

— Ce ne sont que des ragots, répéta-t-elle d'un ton détaché.

— Manifestement, vous vous en fichez, riposta Ben. Je sais que vous appréciez cette presse, Princesse.

Elle ne réagit pas.

— J'ai lu un compte rendu très précis de votre aventure avec ce Français, poursuivit-il en s'efforçant de dompter la rage qui bouillonnait en lui. Vous semblez avoir fourni aux journalistes les détails les plus intimes…

A présent, elle s'était retranchée dans un lieu inaccessible, constata Ben en l'observant avec attention.

— Vous avez mené votre enquête avec brio, Ben, dit-elle avec un sourire indifférent. Je suis impressionnée. Et puis après tout, vous êtes libre de croire ce que vous voulez !

Il soupira et, d'un geste qui trahissait sa nervosité, se passa la main dans les cheveux.

— Ce que je crois n'a pas d'importance, Natalia. Ce qui m'importe, c'est que je dirige une entreprise respectable, et que des clients prestigieux viennent me consulter pour obtenir des conseils discrets en matière de finance. Je ne peux pas me permettre ce genre de… publicité.

— Dans ce cas, vous n'auriez peut-être pas dû me pousser à me porter bénévole.

— En effet, admit Ben.

Il avait pensé pouvoir gérer la situation, gérer Natalia, mais tout échappait à son contrôle, à cause d'elle.

— Alors, dit-elle, c'est fini ? Vous aurez tenu un seul jour ?

— Pas question, Princesse. Je ne perds jamais mes paris.

— Bien sûr, c'est dans votre tempérament.

Soudain, Ben se sentit traversé par une vague de remords.

— Excusez-moi. Je n'aurais pas dû m'emporter ainsi.

— Vous devez pourtant avoir l'habitude de ce genre de chose, dit-elle en désignant le journal. Votre famille figure souvent dans la presse anglaise.

— J'ai tout fait pour ne jamais apparaître dans…

— C'est pour cela que vous êtes aussi agacé de vous y retrouver aujourd'hui, l'interrompit-elle d'un ton brusque. Maintenant, vous savez ce que c'est.

Il le savait depuis longtemps, *depuis toujours*, et il détestait cela, mais il n'allait certes pas le révéler à Natalia.

— Voulez-vous dire que vous ne recherchez pas ce genre de publicité ?

— Tout ce que racontent les journalistes n'est pas vrai, vous savez ! Et dans ce cas particulier, non, je n'avais rien prévu du tout. Quand nous sommes sortis du bar, j'ai vraiment trébuché. Vous avez vu vous-même mon talon cassé. La presse était là, comme d'habitude, et ils se débrouillent toujours pour transformer un simple incident en scandale.

Ben la regarda sourire d'un air détaché. Sous sa pose désinvolte, il sentait un océan d'émotions s'agiter au plus profond. De la déception. De la souffrance. De la peur. Et de la colère, contre lui ou contre la presse, ou même contre le monde entier, peut-être. Mais si elle détestait voir ses moindres faits et gestes étalés dans les journaux à sensation, pourquoi faisait-elle tout pour attirer l'attention des paparazzi ?

Jouait-elle la comédie ? Et si oui, pourquoi ? Au fond, Ben ne souhaitait pas s'attarder sur cette question, ni en connaître la réponse.

— Je suis désolé, dit-il tranquillement. J'ai réagi de façon excessive, parce que je hais la presse.

— Vous *haïssez* la presse ? fit-elle d'un ton moqueur. Comme c'est étrange… Quelque chose de particulier vous serait-il arrivé, pour motiver cette haine ?

Ben serra les lèvres. Il n'avait aucun désir de parler de la détresse de sa mère qui, lorsqu'elle avait vu son désespoir rendu public après son divorce, en avait eu le cœur brisé.

— Profiter de la misère des gens, de leur angoisse, pour faire de l'argent, c'est une abomination, dit-il avec calme. Quand je vous ai demandé de travailler bénévolement pour moi, je n'avais pas prévu ce genre de publicité. C'était stupide de ma part.

Ce n'était pas tout à fait vrai, car il avait entrevu des incidents de ce genre. Mais il ne s'y était pas attardé, persuadé de pouvoir tout contrôler. Or il s'était trompé.

Un éclair passa dans les yeux de Natalia mais, cette fois, c'était de l'humour qui pétillait dans son regard.

— Vous avez bien dit : je vous ai *demandé* ?

Ben l'admira en silence. Elle ne laissait vraiment rien

passer… En même temps, il ne put s'empêcher de regarder ses seins soulever le tissu de son chemisier blanc. Un désir irrésistible de le déboutonner le traversa.

— Ce n'est pas ce que j'ai fait ? répliqua-t-il avec une innocence feinte. Avant que vous n'acceptiez avec empressement ?

Il ne put s'empêcher de sourire et, quand elle sourit à son tour, Ben repensa à la sensation de son corps mince pressé contre le sien, de ses lèvres toutes proches des siennes.

— Je vois que vous récrivez l'histoire aussi bien que les journalistes, dit-elle.

Ben se força à détourner les yeux de ces petits boutons de nacre si tentants.

— Je suis désolé de m'être emporté et de vous avoir accusée à tort. J'ai tiré des conclusions trop hâtives. Mais nous ne pouvons nous permettre ce genre de chose, dit-il en baissant les yeux sur les journaux. Si le camp reçoit un accueil négatif de la presse avant même de commencer, cela risquerait d'influencer la décision des parents, sans parler des différents sponsors.

Lorsqu'il regarda de nouveau Natalia, elle avait l'air sérieux, et même un peu triste.

— Je sais que vous pensez que j'ai créé la fondation pour me faire de la pub…

— Je ne le pense pas vraiment, l'interrompit-elle.

— En fait, je le fais pour les enfants. Enfin, pour moi et les enfants. Je… J'aimais faire du sport. Cela me donnait confiance en moi et… et m'aidait à me contrôler quand j'en avais besoin. Maintenant, je veux offrir cette possibilité à d'autres, à des gosses qui n'auraient peut-être jamais eu la possibilité de taper dans un ballon.

Ben s'interrompit, soudain gagné par une vulnérabilité étrange. Il en avait rarement révélé autant sur lui-même à quiconque.

— Je comprends, dit Natalia en lui adressant l'un de ses sourires éblouissants. Eh bien, la prochaine fois que vous m'inviterez à boire un verre, je refuserai.

Elle laissa échapper un petit rire aérien. Natalia ne

s'avouait jamais vaincue, et il appréciait ce trait de caractère chez elle. Une fois de plus, Ben se demanda quelle femme se dissimulait sous la mondaine dont les frasques défrayaient la chronique. Existait-elle seulement ?

— Parfait, dit-il enfin. Maintenant, nous allons pouvoir travailler. Je suis sûr que Francesca a encore des photocopies ou du classement à vous confier.

— Très bien, j'y vais, chef ! approuva-t-elle en lui adressant un petit salut moqueur.

Ben regarda la porte se refermer sur elle. Arriverait-il jamais à la comprendre ? Et pourquoi le désirait-il ?

Il baissa de nouveau les yeux sur les journaux étalés sur son bureau et remarqua un titre qui lui avait échappé. Apparemment, sa demi-sœur Angel Tilson avait quitté la soirée organisée en l'honneur des fiançailles d'Allegra en compagnie du comte de Pemberton. Ben ne connaissait pas ce dernier mais, vu la photo, il paraissait sombre, menaçant, et riche. Que manigançait encore Angel ?

Après avoir sorti son mobile de sa poche, il sélectionna le numéro de sa sœur. Même s'ils n'étaient pas parents par le sang, Ben se sentait responsable d'elle. Angel ne s'était jamais vraiment intégrée dans le clan Jackson. Déterminée et débrouillarde, elle avait toujours tenu à faire son chemin toute seule.

— Salut, grand frère, répondit-elle au bout de plusieurs sonneries. Quelle inquiétude t'amène ?

Ben ne put réprimer un sourire. Angel le connaissait bien.

— Qu'est-ce que tu fabriques avec le comte de Pemberton, Angel ?

— Je m'amuse, bien sûr. Pourquoi persistes-tu à lire ces saletés, Ben ? Tu n'as pas encore eu ta dose ?

— Je les lis parce que j'aime savoir ce qui se passe dans ma famille.

— Ne t'inquiète pas pour moi.

— Tu sais que je ne peux pas faire autrement.

Ben l'entendit soupirer. Trop de gens pensaient qu'Angel était comme sa mère, une créature intéressée, décidée à grimper l'échelle sociale à tout prix. Alors qu'au fond, Ben savait que la jeune femme était à la fois courageuse et vulnérable. *Comme Natalia.*

Bon sang, pourquoi ne pouvait-il s'empêcher de penser sans cesse à elle ?

— Fais attention à toi, Angel.

— Je fais toujours attention à moi, Ben.

— Je suis sérieux. Je ne connais pas ce type…

— Il est riche et noble, Ben. Que pourrais-je désirer de plus ?

— Ne te dénigre pas.

Elle resta silencieuse.

— Tu m'appelleras si tu as besoin de quelque chose, n'est-ce pas ? reprit-il. Tu me le promets ?

— Bien sûr.

Mais elle n'en pensait rien, Ben l'aurait juré.

Natalia inspira à fond. Pas de panique. Des photocopies, du classement. Elle y arriverait.

— Vous avez quelque chose à me donner à faire ? demanda-t-elle en souriant à Francesca.

— C'est assez ennuyeux…

— Eh bien, je suis là pour ça, non ?

Elle écouta les explications de Francesca qui la conduisit devant une énorme pile d'enveloppes. Il suffisait de glisser une lettre dans chacune d'elles. Parfait. Cela prendrait plusieurs heures, et cette fois, elle n'aurait aucun mal à s'acquitter de sa tâche…

Tout en effectuant ce travail répétitif, son esprit se mit à vagabonder. La veille, dans cette ruelle sombre… Au simple souvenir de ces instants délicieux, elle sentit le désir déferler de nouveau en elle. *Ben avait failli l'embrasser,* Natalia en était certaine. Il s'était retenu à toute force.

Et c'était à cause de cela qu'il était aussi furieux aujourd'hui, songea Natalia en prenant une nouvelle enveloppe. La veille au soir, il l'avait désirée, et il savait qu'elle le savait, d'où son irritation de tout à l'heure. Evidemment, un homme comme Ben Jackson devait être ulcéré de désirer une femme comme elle.

Quel genre préférait-il ? Elle l'imaginait très bien vivre une aventure avec un top model ou une actrice, avant de la renvoyer sans état d'âme une fois qu'il en avait terminé avec elle. Pour lui, le sexe ne représentait sans doute qu'une tâche parmi d'autres.

Natalia posa une enveloppe sur la pile. Elle ne ferait pas partie de la liste de ses maîtresses. Si elle était réputée pour ses liaisons éphémères, elle ne perdait jamais la tête, ni le contrôle. Elle ne se rapprocherait d'aucun homme, et surtout pas de Ben Jackson.

Le reste de la semaine se déroula sans incident. Dieu merci, les journalistes étaient occupés avec les exploits des autres membres de la famille Santina, et suivre Natalia chaque jour n'était pas assez croustillant pour eux. Quant à Ben, il était absent du bureau pour deux jours, occupé à vérifier les installations du stade où débuterait le camp le lundi suivant.

Tout en aidant Francesca à trier des T-shirts par taille, Natalia se demanda de nouveau ce que Ben allait bien pouvoir lui demander de faire sur le terrain.

Le vendredi en fin d'après-midi, alors que ses trois employés venaient de partir, il revint au bureau, l'air en pleine forme et débordant d'énergie. Alors que de son côté Natalia se sentait vidée. Elle n'était restée que parce qu'elle avait promis à Francesca de terminer de trier le tas de T-shirts qu'elle lui avait confié.

— Alors, Princesse, dit-il en souriant, prête à attaquer le vrai travail lundi ?

Natalia tourna brièvement la tête vers la pile de T-shirts pliés avec soin.

— Parce que ça, ce n'est pas du vrai travail ?

Son sourire s'élargit jusqu'aux oreilles.

— Pas du tout. Lundi, vous allez le comprendre, croyez-moi.

— J'attends ce moment avec impatience, répliqua-t-elle en repliant un T-shirt. Vous vous amusez bien, n'est-ce pas ?

— J'ai hâte que le camp démarre, reconnut-il.

— La plupart des millionnaires se contentent de signer un chèque. Ils ne s'impliquent pas comme vous le faites.

L'espace d'un instant, Ben parut déconcerté par sa remarque, puis il haussa les épaules.

— J'aime être sur le terrain, leur apprendre à jouer. Cela m'amuse énormément, c'est vrai.

— Alors, pourquoi êtes-vous toujours aussi sérieux ?

— Vous me connaissez mal, Princesse, répliqua-t-il avec un sourire en coin.

Aussitôt, Natalia sentit tous ses sens palpiter.

— Oh ! vraiment ?

— Oui. Attendez que je vous emmène sur le terrain. Nous allons *beaucoup* nous amuser, tous les deux.

— Serait-ce une menace ? dit-elle en haussant les sourcils.

— Disons plutôt… une promesse.

Natalia le regarda en se demandant s'il flirtait.

— Dans ce cas, nous pourrions peut-être nous amuser d'abord à ma façon.

Aussitôt, elle se rendit compte de la provocation contenue dans ses paroles. Se forçant à soutenir le regard de Ben, elle sourit d'un air de défi.

— Vous m'intriguez, murmura-t-il en la contemplant d'un air interrogateur.

Natalia sentit son cœur battre plus vite.

— Ça vous tente ? Je goûte au plaisir de votre camp, mais après que vous aurez goûté au mien, ce week-end.

Elle rougit en se rendant compte de l'ambiguïté de sa proposition.

— Je vous emmène faire un tour, ajouta-t-elle précipitamment.

— Où ça ?

— Vous verrez. C'est une surprise.

— Et pourquoi vous suivrais-je dans cette petite aventure ? demanda Ben d'une voix onctueuse.

— Parce que vous en avez envie.

Leurs regards se soudèrent tandis que Natalia se demandait ce qui avait bien pu lui passer par la tête. C'était fou, terrifiant, mais elle ne pouvait s'empêcher de le défier, comme un enfant qui joue avec des allumettes. Au risque de se brûler les doigts… Ou davantage.

— Très bien, dit Ben. Quand ?

— Demain.

— Où nous retrouverons-nous ?

Natalia se força à respirer calmement.

— Vous pouvez passer me prendre au palais, à midi.

Ben l'observait toujours, d'un air à la fois sérieux et songeur. Il était aussi surpris qu'elle d'avoir accepté, comprit Natalia. Ils allaient sortir ensemble, le lendemain… Finalement, il hocha la tête et Natalia réussit à lui adresser un sourire insouciant alors qu'en réalité, son cœur battait à tout rompre.

— Soyez très élégant. Et ne comptez pas rentrer chez vous de bonne heure.

— Vous semblez avoir tout prévu…

— Oui.

En fait, Natalia n'avait rien prévu de précis, mais elle entendait bien montrer à Ben ce que *s'amuser* voulait dire. Soudain, elle imagina comment ils pourraient prendre du plaisir ensemble et déglutit avec peine.

A cet instant, il se détourna et entra dans son bureau sans ajouter un mot.

Ce soir-là, lorsqu'elle regagna le palais, un serviteur l'informa que sa mère désirait la voir. Réprimant un soupir, Natalia se dirigea vers les appartements de la reine et trouva celle-ci vêtue d'une robe de soirée couleur lavande.

— Tu as terminé ton travail humanitaire ? demanda Zoe avant de se tourner vers sa femme de chambre.

— Oui, répondit Natalia.

— Ce soir, je porterai mes améthystes, dit la reine à la jeune femme qui attendait docilement ses ordres.

— Très bien, Votre Altesse, dit celle-ci avant de quitter la pièce.

— Nous avons plusieurs dignitaires étrangers à dîner ce soir. Tu viendras te joindre à nous, Natalia. Il est tout à fait possible que l'un d'eux soit l'émissaire de ton futur époux.

Natalia sentit son ventre se nouer.

— Mais… mes fiançailles avec le prince Michel ont été rompues il y a quelques semaines à peine.

— Raison de plus pour ne pas perdre de temps. Tu as vingt-sept ans, Natalia.

— Nous sommes au vingt et unième siècle, Mère ! protesta Natalia pour la énième fois. De nos jours, vingt-sept ans…

— Pas pour une princesse, coupa la reine d'une voix ferme. De toute façon, nous ne suivons pas la règle commune. En outre, ton mariage est un acte politique important.

— De nombreux princes et princesses épousent l'élu de leur cœur, fit remarquer Natalia.

— Tu n'as personne en vue, j'espère ! répliqua sa mère en haussant les sourcils.

De façon ridicule, le visage de Ben surgit dans l'esprit de Natalia, avec ses yeux bleus et son sourire moqueur.

— Bien sûr que non !

— Je sais que c'est difficile d'assumer son devoir royal quand on est une jeune femme, soupira Zoe. Mais ton père et moi avons eu tort de te laisser libre de vivre comme tu l'entendais pendant aussi longtemps.

Sa mère employait des termes mesurés, mais Natalia percevait la nuance désapprobatrice qui teintait sa voix. Mais à quoi bon chercher à se défendre ?

La femme de chambre revint avec la parure constituée d'un collier de diamants et d'améthystes, de boucles d'oreilles, d'un bracelet et d'une tiare assortis.

— Il est temps que tu endosses le rôle pour lequel tu es née, Natalia. Que tu te conduises en princesse.

Lorsque la femme de chambre déposa le diadème sur les cheveux gris argent de la reine Zoe, Natalia croisa le regard de celle-ci dans le miroir et y lut un peu de compassion, mais surtout une volonté de fer.

— Tu commenceras dès ce soir, ajouta-t-elle.

Une heure plus tard, vêtue d'une robe de soirée de soie gris perle, Natalia suivit sa mère dans le grand salon. Elle détestait ces soirées au cours desquelles elle avait l'impression d'être une poupée ou, pire, un morceau de choix qu'on évaluait et marchandait.

Les heures passèrent tandis que ses parents échangeaient des propos enjoués et polis que Natalia ne se donna même pas la peine d'écouter. Lorsqu'ils se dirigèrent vers la salle à manger officielle du palais, sa mère lui chuchota à l'oreille :

— Souris, Natalia. Tu ressembles à un pantin de bois.

— Je croyais que c'était ce que tu désirais, murmura-t-elle.

Sa mère la foudroya du regard et pénétra dans la salle à manger avec grâce. Natalia s'installa à sa place, tandis que la conversation se poursuivait autour d'elle. Soudain, elle entendit son prénom.

L'un des dignitaires, venu d'une île du Moyen-Orient, la regardait en souriant.

— La princesse a maintenant besoin d'un mari pour la guider, dit la reine Zoe.

Natalia faillit s'étrangler. Elle ne voulait pas qu'un homme la guide. Ni même qu'il l'aime. Elle ne voulait pas se marier, point final !

Mais même si elle se répétait que ses parents ne pourraient pas la marier de force, elle se rendait compte qu'elle se trompait. Ils en avaient le pouvoir, et l'intention. Si elle n'acceptait pas d'épouser le mari qu'ils lui auraient choisi, ils s'arrangeraient pour lui rendre la vie impossible. Bref, on se retrouvait bel et bien au Moyen Age.

— La princesse s'implique en ce moment dans une œuvre humanitaire, poursuivit Zoe. Un organisme dont la vocation est d'aider des enfants des milieux défavorisés.

Pour la première fois, elle se tourna vers Natalia.

— Tu trouves cette activité très enrichissante, n'est-ce pas, ma chérie ?

Natalia songea aux centaines d'enveloppes qu'elle avait cachetées au cours des derniers jours.

— *Très*, approuva-t-elle avec un léger sourire.

Les dignitaires parurent satisfaits de sa réponse succincte et l'un d'entre eux lui adressa un regard censé être bienveillant.

— Je suis heureux d'apprendre que la princesse change ses habitudes, dit-il.

— La princesse, ne put s'empêcher de répliquer Natalia, est ici, en personne.

Un silence glacial suivit ces paroles. Calmement, Natalia tendit la main vers son verre de vin et en avala une longue gorgée. Que pouvaient-ils lui faire, après tout ? Elle avait vingt-sept ans, elle était adulte…

Une adulte qui dépendait de ses parents et de leur générosité, parce qu'elle n'avait aucun moyen de subvenir à ses besoins.

Pour rompre le silence qui commençait à s'installer, sa mère se tourna vers son voisin de droite et l'entretint d'un sujet anodin.

Plus tard, à la fin du dîner, elle se leva avant de se retirer avec Natalia dans l'un des petits salons, tandis que les hommes allaient discuter dans un autre.

Dès qu'elles furent seules, Zoe se tourna vers Natalia.

— Comment as-tu osé me mettre dans un tel embarras ? demanda-t-elle d'un ton vif. Ton père et moi avons été très patients, Natalia. Très tolérants…

— Je n'aime pas que l'on parle de moi comme si je n'étais pas là, s'emporta Natalia.

— Dans notre monde, c'est ainsi que cela se passe, Natalia ! Ces hommes veulent voir comment tu te comportes afin de pouvoir faire leur rapport à leur souverain. Est-ce trop difficile à comprendre pour toi ?

— Je ne suis pas aussi stupide, dit Natalia entre ses dents.

— Pourtant, on aurait pu le croire, tout à l'heure, rétorqua Zoe. Tes sœurs ont au moins appris à se conduire.

— Oh ! vraiment ? Carlotta est mère célibataire et Sophia s'est enfuie avec…

— Leurs mariages sont maintenant derrière nous, l'interrompit Zoe. Et le tien doit l'être aussi.

— Et si je ne souhaite pas me marier ?

Zoe soupira d'un air las.

— Tu es une princesse, Natalia. Et les princesses se marient.

— Nous sommes au…

— Au vingt et unième siècle, je sais.

Sa mère s'assit sur une petite chaise ancienne, le dos droit comme toujours mais, soudain, Natalia remarqua pour la première fois le pli amer qui marquait sa bouche. La reine Zoe avait-elle jamais été heureuse ? Avait-elle jamais *songé* au bonheur ?

— As-tu le choix, Natalia ? poursuivit-elle. Préférerais-tu passer toute ta vie dans le palais de tes parents, avant de cohabiter avec ton frère et son épouse, comme un objet de pitié ou de mépris ?

Natalia déglutit. Non, évidemment.

— Je ne veux pas épouser un homme qui…

— Qui ne t'aime pas ? l'interrompit Zoe. L'amour est bon pour les contes de fées, Natalia.

— Je me fiche de l'amour ! rétorqua Natalia d'un ton sec.

Elle avait assez d'expérience pour ne pas croire à cette illusion.

— Je veux juste qu'on me respecte.

— Dans ce cas, tu devrais peut-être te comporter de façon à le susciter.

Ces paroles lui firent l'effet d'une gifle.

— Est-ce tout ? demanda-t-elle d'un ton neutre. Parce que ma journée a été longue et j'aimerais aller me coucher.

— Très bien, soupira la reine en la congédiant d'un geste de la main. Mais je ne veux pas que ce bénévolat ridicule te détourne de ton vrai devoir, qui consiste à trouver un mari.

— Père a insisté pour que je travaille un mois, rappela Natalia à sa mère. Je dois lui obéir.

— En effet. Ensuite, c'est à moi que tu devras obéir.

Après avoir hoché la tête, Natalia quitta le petit salon. Une semaine plus tôt, travailler pour Ben lui était apparu comme une punition, à présent, elle voyait son bénévolat comme un répit.

6.

A 12 heures précises, Natalia vit la Mercedes gris métallisé de Ben s'arrêter devant le palais. Après s'être éloignée de la fenêtre, elle alla vérifier son aspect dans l'un des hauts miroirs du hall en essayant de calmer les battements désordonnés de son cœur.

La perspective de passer une journée avec Ben Jackson l'excitait beaucoup trop, se dit-elle en examinant son reflet d'un air sévère. Cette robe de soie ivoire lui allait vraiment bien…

— Bonjour, Princesse. Vous êtes ravissante.

Lorsqu'elle se retourna vers lui, il laissa errer son regard sur son corps, faisant naître en elle une multitude de délicieux frissons.

— Merci.

Ben n'était pas mal non plus dans ce costume en lin beige, et ses lunettes noires stylées faisaient ressortir ses traits sculptés. Il ouvrit la portière et Natalia s'installa sur le siège de cuir blanc.

Après avoir contourné le véhicule, Ben vint reprendre sa place au volant, puis démarra et lui jeta un regard en biais.

— C'est un chapeau ?

Natalia tapota la plume ornant sa dernière acquisition, posée sur le côté de sa tête.

— En fait, c'est un fascinateur, répondit-elle en riant.

— Pardon ?

— Un fascinateur, créé par un chapelier réputé, et destiné, bien sûr, à *fasciner*.

Elle sourit à Ben en savourant la façon dont sa bouche

s'arrondissait tandis qu'il souriait à son tour. Une main sur le volant, l'autre posée nonchalamment sur le siège, ses doigts effleuraient presque l'épaule de Natalia. Son cœur se mit de nouveau à battre la chamade. Ben était si séduisant quand il souriait ainsi...

— Puis-je connaître notre destination ? demanda-t-il.

— Je vous emmène à l'hippodrome de Santina.

— Nous allons assister à une course ?

— Oui, bien que celle d'aujourd'hui ne soit pas très importante. Je crois que c'est une course de sélection, en vue du derby qui se tiendra plus tard dans l'année. Mais puisque vous êtes un homme de paris...

— Je vois... Et qu'allons-nous parier, cette fois ?

Natalia pencha la tête en souriant.

— *Nous ?*

— Bien sûr, Princesse. Si vous ne pariez pas, ce n'est pas drôle. Et je ne cherche pas à gagner de l'argent.

Son cœur battait si violemment et si vite qu'elle le sentit résonner dans ses oreilles.

— Alors, qu'aimeriez-vous parier ?

— Nous verrons...

Quelques minutes plus tard, il se gara aux abords de l'hippodrome et ils firent le reste du trajet à pied.

La course étant modeste, la loge royale était vide. Natalia s'installa dans son fauteuil et regarda les chevaux alignés derrière la ligne de départ.

— Je parie sur Evening Star, dit-elle. Et vous ?

Ben feuilleta le programme de ses longs doigts fins.

— Wild Wishes.

— Nous n'avons pas décidé de l'enjeu du pari.

— Eh bien, il faut que nous choisissions quelque chose d'intéressant, répliqua-t-il d'une voix suave.

— C'est-à-dire ?

— Si Evening Star gagne, vous devrez m'embrasser.

Le désir fusa en Natalia comme une coulée de lave.

— Et si c'est Wild Wishes ?

— C'est moi qui devrai vous embrasser.

Natalia laissa échapper un petit rire embarrassé.

— Mais, c'est la même chose !

— Non, pas du tout, répliqua doucement Ben. Tout est dans le contrôle…

Bien sûr, il s'agissait de *contrôle*. Natalia se concentra sur les chevaux en s'éventant avec son programme.

— Vous avez chaud, Princesse ? fit Ben d'un ton moqueur.

— Il est possible qu'aucun de nous deux n'ait à embrasser l'autre aujourd'hui, dit-elle, ignorant sa question.

— Ce serait dommage.

Oui, en effet, songea Natalia. Elle imaginait déjà la sensation des lèvres de Ben sur les siennes, fermes et exigeantes. Mais si c'était *elle* qui lui donnait ce baiser… A cette idée, elle sentit des étincelles pétiller dans tout son corps. A vrai dire, elle ne savait si elle préférait gagner ou perdre.

La course commença. Rapidement, Autumn Nights galopa en tête, mais peu à peu Wild Wishes le dépassa.

— Ah ah…, murmura Ben.

— Evening Star se réserve souvent pour la fin.

— Vous souhaitez gagner, Princesse ?

— Bien sûr ! Tiens, regardez un peu Evening Star…

Le cheval avait maintenant une longueur d'avance sur Wild Wishes. Retenant son souffle, Natalia suivit le galop des chevaux, tandis que la poussière se soulevait sous leurs sabots. Evening Star menait toujours la course, et Natalia se voyait déjà en train de se tourner vers Ben, de saisir sa cravate avant d'attirer son visage vers le sien…

Lorsque soudain, resurgissant de nulle part, Autumn Nights dépassa les deux chevaux de tête, et franchit la ligne d'arrivée avec deux longueurs d'avance sur Evening Star.

Autour d'eux, la foule se répandit en exclamations et en bravos tandis que Natalia reculait sur son siège, en proie à une immense déception.

— Eh bien, dit Ben en riant. Il semblerait que nous ayons perdu tous les deux !

— En effet.

Sa gorge était stupidement serrée. Il ne s'agissait que d'une course. Et ce n'aurait été qu'un baiser, se dit Natalia.

— Nous avons quand même droit au champagne, dit-elle d'un ton léger en faisant signe à un serveur.

Un peu plus tard, elle se détendit tandis qu'ils sirotaient leur coupe en bavardant et en mangeant des fraises. De toute façon, cela n'aurait servi à rien de se lamenter sur ce baiser perdu. Et puis, Ben l'aurait embrassée parce qu'ils avaient parié, songea-t-elle avec amertume, pas comme elle aurait désiré qu'il l'embrasse.

— Pourquoi cet air soucieux, Princesse ?

Elle se rendit compte qu'il l'observait en plissant le front.

— Ce n'est rien, dit-elle avec un sourire détaché.

— Vous ne pensez plus à Evening Star, n'est-ce pas ?

— Non, ce serait stupide, dit-elle doucement.

Il se mit à rire en la regardant avec attention.

— Vous venez souvent ici ?

— De temps en temps. Mon père possède l'un des chevaux qui ont participé à cette course.

— Lequel ?

— Abdul Akbar. Il est arrivé cinquième.

— Dommage.

Natalia se contenta de hausser les épaules.

— Etes-vous proche de vos parents ? reprit Ben.

— L'êtes-vous des vôtres ? répliqua-t-elle avant de porter sa coupe de champagne à ses lèvres.

— Je vous ai posé la question le premier.

— Eh bien, pour répondre en trois mots : non, pas vraiment. Et pourquoi voulez-vous le savoir ? demanda Natalia en le regardant dans les yeux.

Quand il se pencha vers elle, elle perçut son odeur virile, à laquelle s'ajoutaient les effluves de son eau de toilette et un parfum de champagne.

— Pour faire la conversation.

— Je ne vous en pensais pas capable.

— Cela m'arrive de temps en temps.

— Et pourquoi aujourd'hui ?

— N'est-ce pas évident ?

Cet échange se faisait trop intime, trop dangereux, songea Natalia en reprenant une gorgée de champagne.

— Et vous ? demanda-t-elle.

— Si je suis proche de mes parents ? fit-il avec un haussement d'épaules. Mon père vous dirait que nous le sommes, mais je ne crois pas que ce soit vrai.

Il serra les lèvres d'un air embarrassé.

— Si vous ne désirez pas y répondre vous-même, vous n'auriez pas dû me poser la question, Ben, dit-elle en riant.

— Vous avez raison, reconnut-il avec un demi-sourire. Nous devrions peut-être nous en tenir aux livres et aux films. Avez-vous lu quelque chose d'intéressant, récemment ?

— Non.

Elle prit une fraise en s'efforçant d'ignorer la souffrance qui lui étreignait la poitrine.

— Qu'avez-vous prévu, ensuite ? demanda soudain Ben.

— De dîner dans un excellent restaurant sur la plage, puis d'aller danser dans le meilleur club de l'île. Vous aimez danser, j'espère ?

— J'adore cela.

— Formidable.

— On y va ? répliqua-t-il en lui tendant la main.

Après une légère hésitation, Natalia la prit. Elle avait *besoin* de sentir ses doigts mêlés aux siens.

Au fond, c'était Ben qui dirigeait les opérations, reconnut-elle avec un sursaut de panique. Et elle ne pouvait lui résister.

Ils dégustèrent du poisson frais péché localement, sur une ravissante terrasse surplombant la mer. Natalia se détendit, savourant la compagnie de Ben qui se montrait attentionné et l'écoutait avec intérêt. Il l'interrogea sur sa vie de princesse sans affecter le moindre jugement ou le moindre mépris, mais avec une curiosité sincère.

Ensuite, il lui narra son parcours, lui expliquant comment il était devenu P.-D.G. de son entreprise indépendante. Plus Natalia en apprenait sur lui, plus elle le trouvait fascinant.

Peu à peu, le soleil déclina à l'horizon, baignant l'océan de sa lumière dorée. Ils contemplèrent ce spectacle en silence en terminant la bouteille de vin tandis qu'une brise tiède les enveloppait, telle une caresse.

— Et maintenant, dit Ben, le visage à demi dissimulé dans la pénombre, le club !

— Je suis impatiente de vous voir danser.

Pourtant, elle aurait aimé rester là, dans cette douce intimité, savourant le simple fait d'être avec Ben.

— Et moi, je suis impatient de danser avec vous.

Dans le club choisi par Natalia, la musique était si puissante que Ben la sentit résonner dans sa poitrine. C'était parfait. Dans un endroit pareil, il ne risquait pas de se rapprocher de Natalia, songea-t-il en voyant la foule changer de couleur au gré des gigantesques spots. Il ne pourrait pas non plus distinguer les pépites dorées dans ses yeux quand elle riait, ni sentir son self-control menacer de lui échapper quand il lui prenait la main, au moindre prétexte.

A cet instant, elle se tourna vers lui d'un air interrogateur.

— Je vous suis, dit-il en souriant.

Elle avait ôté son ridicule petit chapeau et sa veste, si bien qu'elle ne portait plus qu'un fourreau de soie couleur ivoire qui épousait ses courbes ravissantes. Ben la regarda s'avancer vers la piste en ondulant des hanches et sentit le désir le traverser comme un éclair.

Dès qu'ils franchirent la porte du club, Natalia regretta d'y avoir amené Ben. L'éclairage violent, la musique, le bruit, tout était affreux. Alors qu'elle était venue là des dizaines de fois, elle ne voulait pas se trouver là avec Ben. En fait, elle désirait être seule avec lui.

Il dansait très bien, constata-t-elle un peu plus tard avec surprise. Lui, toujours si retenu, se mouvait avec une grâce arrogante, sans jamais la quitter des yeux.

Natalia déglutit et détourna la tête. Même au milieu de cette foule, elle sentait son magnétisme agir sur elle. Un désir irrésistible la dévorait, de l'attirer contre elle, de tout oublier dans ses bras.

Alors qu'ils dansaient depuis quelques minutes, le rythme de la musique changea brusquement, et un blues déroula ses notes langoureuses tandis que les couples se formaient. Natalia hésita à s'éloigner de la piste, mais Ben l'enlaça sans dire un mot.

Ses longues mains se refermèrent sur ses hanches et il la serra contre lui. Lorsque ses lèvres effleurèrent ses cheveux, Natalia passa d'instinct les bras autour de son cou et ferma les yeux.

A peine consciente de la musique, elle savoura la sensation de sa cuisse puissante contre sa hanche. Pressée contre son ventre, son érection était manifeste. Natalia sentit son propre corps se réveiller et vibrer dans ses moindres cellules. Elle se rapprocha encore de Ben et sa bouche effleura sa mâchoire, tandis que des effluves virils lui titillaient les narines.

Ce fut naturel de pencher légèrement la tête en arrière pour lui offrir ses lèvres, afin d'accueillir ce baiser qu'ils se refusaient depuis ce pari manqué. Le baiser dont ils mouraient d'envie tous les deux, Natalia en était persuadée.

Leurs bouches étaient maintenant si proches qu'ils s'embrassaient presque… Un vertige gagna Natalia et elle enfonça les doigts dans ses épaules. Elle sentait son propre corps onduler, non pas au rythme de la musique, mais à celui du désir.

— Nous contrôlerons tous les deux le baiser, chuchota-t-elle.

Elle sentit les mains de Ben se resserrer sur ses hanches et vit un sourire se former sur sa bouche sensuelle, mais il ne l'embrassa pas. Natalia le regarda. Il souriait toujours, mais un combat se livrait en lui, devina-t-elle en voyant ses yeux s'assombrir. Elle y vit de l'irritation, voire de la colère. Ou peut-être même du désespoir…

Ben la désirait, sans doute avec la même violence qui habitait Natalia. Mais il refusait de céder à son propre désir, comprit-elle en sentant les larmes lui monter aux yeux.

Au prix d'un effort terrible, elle s'écarta de lui et quitta la piste de danse.

Ben réprima un juron. Il avait été si près de l'embrasser ! Si près de céder, de se laisser emporter comme jamais auparavant. Embrasser Natalia serait irréversible, il le pressentait. Il s'en trouverait changé, ainsi que toute son existence. Or, il ne voulait pas changer.

Alors, pourquoi n'était-il pas soulagé qu'elle se soit éloignée ? Ben se sentait irrité et déçu, et incroyablement frustré. Tout en se maudissant, il s'élança derrière Natalia.

Il la rejoignit au vestiaire au moment où elle enfilait sa veste.

— L'aventure est terminée ? demanda-t-il d'un ton léger.

— Oui, répondit-elle sans le regarder.

Soudain, Ben se sentit en proie à une sorte de chaos intérieur. Pourquoi cette femme suscitait-elle autant d'émotions en lui ? se demanda-t-il en se forçant à refouler le désir qui rugissait dans ses veines.

En ne l'embrassant pas, il l'avait blessée. Peut-être avait-elle deviné sa réticence. Peut-être le comprenait-elle mieux qu'il ne le pensait… Cette éventualité le terrifia.

Sans échanger un mot, ils regagnèrent la voiture et Ben lui ouvrit la portière. Il aurait dû s'expliquer, ou s'excuser, dire quelque chose, *n'importe quoi*, mais les mots restèrent bloqués dans sa gorge.

Lorsque les hautes grilles du palais s'ouvrirent lentement et qu'il prit l'allée menant au majestueux édifice, Ben se convainquit que le silence valait mieux que toute parole. C'était trop compliqué.

— Eh bien, commença Natalia après s'être éclairci la voix, je me suis bien amusée.

— Moi aussi, répliqua Ben en hochant la tête. Alors, à lundi, sur le stade…

L'espace d'un bref instant, il vit une lueur étrange traverser le regard de Natalia. Soudain, elle eut l'air triste et son sourire lui parut terriblement crispé.

— A lundi, dit-elle.

Puis, sans attendre qu'il vienne lui ouvrir la portière, elle sortit du véhicule.

7.

Natalia s'arrêta au bord du terrain de foot et posa les mains sur ses hanches en soupirant. Elle était ridicule dans ce short informe et ce T-shirt. Elle se serait sentie plus à l'aise en jupe, songea-t-elle avec irritation. Plus protégée, et plus forte. Suivre la mode était l'un de ses atouts, son petit domaine réservé. Là, au moins, elle excellait.

— Prête à travailler ? demanda Ben en venant vers elle au pas de course.

Il portait la même tenue qu'elle, mais sur lui le short et le T-shirt donnaient un résultat stupéfiant. Ses abdominaux puissants se devinaient sous le coton blanc, et Natalia contempla un instant les cuisses et les mollets musclés révélés par le short. Elle fit aussitôt remonter son regard. Elle n'avait pas besoin de voir Ben pour se rappeler la sensation de ce corps superbe contre le sien, dont le souvenir l'avait obsédée tout le week-end.

De son côté, Ben se comportait de nouveau en professionnel et elle avait du mal à croire qu'il l'avait serrée dans ses bras, qu'il l'avait *presque* embrassée.

— Comme si je n'avais pas déjà travaillé ! répliqua-t-elle.

— Oui, mais aujourd'hui, vous allez *vraiment* travailler.

De toute évidence, il savourait la situation.

— Allons-y, Princesse. Les enfants vont arriver.

Sans même la prévenir, il lui lança un ballon. Natalia l'attrapa au vol sans réfléchir, en entendant distinctement un ongle se casser. Avec un petit gémissement, elle laissa tomber le ballon pour examiner les dégâts.

— Vous ne pourrez pas dire que je ne vous avais pas prévenue, murmura Ben en se rapprochant.

— Dois-je vous remercier ?

Ben se mit à rire. Manifestement, sa bonne humeur résistait à tout, songea Natalia en se penchant pour ramasser le ballon. Ensuite, elle suivit Ben qui se dirigeait vers l'avant du stade. Là, des dizaines d'enfants se pressaient derrière les barrières, et plusieurs tables avaient été installées pour procéder aux inscriptions.

Avec les enfants, Ben était très chaleureux, et naturel, constata Natalia en l'observant. Il se tourna vers elle avant de désigner l'une des tables d'un geste de la main.

— Si vous alliez prendre leurs noms ?

— Prendre leurs noms ?

— Oui, les inscrire, Princesse, dit-il avant de se retourner vers les enfants à qui on venait d'ouvrir les barrières.

Natalia se dirigea vers l'une des tables, une simple planche posée sur deux tréteaux. Fabio s'y trouvait déjà, inscrivant les noms des enfants sur un formulaire.

— Pouvez-vous vous en occuper ? dit-il en poussant une pile de badges vers elle.

— Bien sûr, répondit Natalia après un instant.

Elle s'assit à côté de Fabio puis, un sourire éclatant aux lèvres, et le cœur battant, elle regarda le premier enfant qui se présentait devant elle. Il avait l'air gauche et timide.

— Comment t'appelles-tu ?

— Paulo.

— Bonjour, Paulo.

Tout en se mordant la lèvre pour s'aider à se concentrer, Natalia commença à former un *P*, puis un *a*. Comme elle devait réfléchir avant de former chaque trait avec application, elle était beaucoup trop lente. Et les gosses l'observaient, impatients de recevoir leur badge.

Une vague de chaleur inconfortable l'envahit. Elle devait être écarlate ! Se mordant la lèvre, Natalia termina enfin de tracer le « o ». On aurait dit que le prénom avait été écrit par un enfant plus jeune que Paulo, songea-t-elle en lui tendant le badge.

Une petite fille s'avança vers la table.

— Gabriella.

Tant de lettres… Natalia se concentra de nouveau. Elle pouvait y arriver. D'habitude, elle n'était pas aussi lente, mais le fait d'être observée, et de savoir qu'à tout instant Ben pourrait surgir redoublait sa panique.

Sentant ses doigts trembler, Natalia regarda Gabriella, une fillette aux grands yeux sérieux et aux épais cheveux noirs.

— Je suis sûre que ça irait plus vite si tu le faisais toi-même, dit Natalia en prenant une poignée de stylos.

Puis elle commença à les distribuer aux enfants qui les prirent avec enthousiasme. Ensuite, elle leur donna un badge.

Natalia poussa un soupir de soulagement. Elle dissimulait son handicap depuis si longtemps… Au début par confusion, puis par honte, et finalement, par réflexe. Il était hors de question qu'elle se dévoile maintenant. Devant quiconque.

Lorsque les enfants s'éloignèrent de la table, elle chercha Ben du regard avant de l'apercevoir sur le terrain. Parfaitement à l'aise, il semblait beaucoup s'amuser.

Soudain, il se tourna vers elle et cria :

— Natalia ?

Elle sursauta et se leva en lissant son T-shirt et son short, comme si par magie elle pourrait les transformer en un chemisier de soie et une jupe sur mesure.

— Voulez-vous bien venir m'aider à montrer aux enfants comment on dribble ?

Dribbler ? Elle ne savait même pas ce que ça voulait dire… Natalia n'avait jamais *regardé* un match de foot…

— Oui, tout de suite, dit-elle en souriant.

Après avoir traversé le terrain, elle rejoignit Ben et les enfants, rangés en une ligne impeccable. Ben leur expliqua, dans un italien soigné qui surprit et toucha Natalia, comment avancer en poussant le ballon à petits coups de pied. C'était cela, dribbler, comprit-elle. Ensuite, d'un mouvement souple, il fit jaillir le ballon en l'air, puis y donna un léger coup de tête avant de le recueillir entre ses mains. Un gloussement parcourut le groupe d'enfants tandis que Ben se tournait vers Natalia en souriant. Il aurait pu prendre n'importe qui pour procéder à cette petite démonstration, mais il l'avait choisie elle, évidemment. Ce n'était pas qu'aux enfants qu'il voulait apprendre quelque chose.

— Facile, n'est-ce pas ?

— Oui, confirma Natalia d'un ton détaché. Très facile.

Ben dribbla quelques instants, puis donna un coup de pied vif dans le ballon. Natalia se raidit et essaya de l'arrêter, mais le ballon roula à côté d'elle tandis que son pied traçait un arc de cercle dans le vide. Des rires fusèrent tandis qu'elle sentait ses joues s'empourprer.

Elle détestait qu'on se moque d'elle. Elle avait l'impression de revenir à l'époque de ses douze ans, durant sa première année de pensionnat. Debout devant toute la classe, tandis que le professeur proclamait d'un ton sans appel : « Natalia Santina est la fille la plus lente de l'établissement ! Elle écrit comme une enfant de six ans ! »

Natalia ressentait encore la honte qui l'avait alors terrassée. Elle était lente. *Stupide.*

Inspirant à fond, elle redressa les épaules et se dirigea vers le ballon, avant de donner un vigoureux coup de pied dedans. Ben le récupéra avec élégance, puis la regarda en haussant les sourcils d'un air interrogateur.

— Un nouvel essai ?

Natalia se contenta de hausser les épaules. Elle se sentait horriblement tendue et vulnérable. Ben lui envoya de nouveau le ballon, moins vite cette fois, pour lui faciliter la tâche.

Le ballon roula de nouveau à côté d'elle et son pied fendit l'air. Aussitôt, les enfants se mirent à rire, posant la main sur leur bouche pour se cacher.

Natalia sentit les larmes lui piquer les paupières. Elle n'était donc bonne à *rien* ? Ben devait savourer ces instants, se dit-elle en allant chercher le ballon. Il en avait sans doute rêvé : la princesse Natalia, humiliée sur son terrain de foot !

Oubliant que, dans ce satané sport, l'on n'était pas supposé se servir de ses mains, elle ramassa la balle et la lui lança.

Ben l'attrapa sans difficulté, avant de lui adresser un bref regard inquiet. Puis il se tourna vers les enfants.

— Vous avez compris le principe ? A votre tour : vous

allez vous mettre par deux et essayer le dribble, puis vous envoyer le ballon à tour de rôle.

Il regarda de nouveau Natalia. Il se demandait ce qu'il se passait, devina-t-elle en croisant les bras d'un air d'ennui. Elle ne lui donnerait pas la satisfaction de savoir à quel point ce petit épisode l'avait affectée.

Après quelques instants, elle comprit qu'il voulait qu'elle fasse quelque chose. Mais quoi ? Elle n'était bonne à *rien*. Jamais encore ce constat ne l'avait autant désespérée.

A cet instant, Ben se tourna vers une petite fille qui se tenait un peu à l'écart. Tout en enroulant une longue mèche de cheveux noirs entre ses doigts, elle regardait les enfants dribbler et shooter dans le ballon avec entrain. Aucun d'eux n'avait remarqué qu'elle était toute seule. Natalia comprit aussitôt ce que la fillette ressentait.

Sans réfléchir, elle se dirigea rapidement vers la petite et s'accroupit devant elle.

— Tu t'appelles bien Gabriella, n'est-ce pas ?

L'enfant hocha la tête d'un air grave.

— Veux-tu t'entraîner à dribbler ?

Gabriella haussa les épaules, comme si cela lui était égal de jouer ou non, mais ses yeux brillaient d'envie. Natalia connaissait tout cela par cœur : feindre l'indifférence alors qu'en réalité, on mourait d'envie d'imiter ses petits camarades…

— Je suis toute seule, poursuivit-elle. Tu joues avec moi ?

La petite fille haussa de nouveau les épaules. Elle ne voulait pas de pitié. Cela aussi, Natalia le comprenait.

— Tu as vu que j'étais nulle, n'est-ce pas ? Je n'arrive même pas à taper dans le ballon, alors dribbler…

Un minuscule sourire se forma sur les lèvres de Gabriella.

— Je crois que je suis la pire joueuse présente sur le terrain, continua Natalia. Mais j'espère que cela ne te dérange pas de t'entraîner avec moi ?

Gabriella la dévisagea de ses grands yeux sombres.

— Ça ne me fait rien, chuchota-t-elle enfin.

Puis elle suivit Natalia sur le terrain. Ravalant sa fierté, Natalia essaya de pousser le ballon à petits coups de pieds avant de le passer à Gabriella. C'était vraiment plus difficile que ça en avait l'air... Un peu plus tard, Natalia prit tout son élan pour donner un grand coup de pied. Mais, ratant le ballon, elle tomba sur le dos.

Elle resta immobile quelques instants et contempla le ciel bleu en clignant des paupières. Ensuite, elle entendit quelqu'un courir vers elle et, soudain, vit le visage de Ben penché au-dessus du sien. Une inquiétude sincère émanait de ses traits, constata-t-elle. Il lui toucha la joue, doucement, avant d'écarter aussitôt la main, l'air aussi surpris que Natalia d'avoir osé ce geste. Le regard plongé dans le sien, elle se trouva soudain incapable de respirer.

Ben se redressa avant de s'asseoir sur ses talons.

— Ça va, Princesse ?

Elle étendit bras et jambes et réussit à lui adresser un sourire éblouissant.

— Je ne me suis jamais sentie aussi bien !

Il sourit.

— Pas mal, votre chute...

— Normal, je me suis entraînée longtemps.

Avec précaution, Natalia essaya de se relever avant de s'immobiliser. Elle avait bigrement mal au dos. Ben fronça les sourcils et, lorsqu'il lui posa la main sur l'épaule, Natalia sentit un frisson voluptueux la parcourir en dépit de son état.

— Ne bougez pas, dit-il. Vous vous êtes peut-être cassé quelque chose.

— Non, j'ai un peu mal au dos, mais c'est tout, répliqua-t-elle en se redressant sur son séant. Croyez-moi, je le saurais si je m'étais cassé quelque chose : je suis très douillette !

La main toujours posée sur son épaule, Ben la regarda d'un air étrange.

— Je ne vous crois absolument pas, dit-il.

Décontenancée, Natalia détourna les yeux. Sur le terrain, les enfants avaient cessé de s'entraîner et la regardaient, à la fois inquiets et amusés. En matière d'humiliation...

Elle adressa un clin d'œil à Gabriella qui venait de s'arrêter à côté d'elle et la contemplait de son air sérieux.

— Tu vois, je t'avais bien dit que j'étais nulle !

Lorsque la petite fille laissa échapper un rire timide, cette fois, Natalia n'eut pas l'impression qu'on se moquait d'elle. Elle avait lancé la plaisanterie, au lieu d'en faire les frais.

Réprimant un gémissement, car son dos lui faisait mal, Natalia se releva et s'avança vers le ballon.

— Vous devriez peut-être aller vous reposer…

Ben avait l'air sincèrement inquiet. Sans doute à cause de son sens excessif de la responsabilité, songea Natalia. Ç'aurait été stupide d'interpréter autrement son attitude.

— Je n'ai pas besoin d'être dorlotée, chef. Je ne suis pas en sucre !

Ben regarda Natalia s'éloigner avec admiration. Les émotions qui se bousculaient en lui depuis la journée passée avec elle semblaient se cristalliser dans tout son corps, dans ses pensées. Dans son cœur.

Il avait perdu beaucoup trop de temps à songer à ce baiser — un baiser qui n'avait même pas eu lieu. Pour ne plus y penser, il était allé au bureau le dimanche en espérant que les tonnes de paperasserie l'aideraient à oublier la sensation du corps mince de Natalia pressé contre lui. Il s'accordait si parfaitement au sien…

Cela avait fonctionné. Jusqu'à ce qu'il la revoie, ce matin. Ben avait alors dû faire un effort surhumain pour ne pas la prendre dans ses bras. Et quand il l'avait vue tomber, il avait senti l'univers entier basculer autour de lui. Le cœur martelant sa poitrine, il s'était élancé vers elle.

Cette femme remuait trop de choses en lui. Elle suscitait trop de désirs.

Elle lui avait demandé s'il croyait au véritable amour. Il y croyait, mais n'en voulait pas. Il avait trop vu sa mère souffrir et refusait de tomber dans le même piège qu'elle.

Et certainement pas avec la princesse Natalia.

Il regarda la petite fille shooter dans le ballon. Cette fois, Natalia l'arrêta du pied. Soudain, Ben se figea. Pourquoi associait-il l'amour à Natalia ? A une princesse superficielle, égoïste, en quête perpétuelle de publicité, c'est-à-dire tout ce qu'il haïssait ?

Pourtant, il commençait à croire que sous ses airs de mondaine frivole se dissimulait une femme au cœur tendre et vulnérable. Cette pensée l'horrifia et l'effraya à la fois. Natalia devait rester la femme qu'elle paraissait être. Ce serait beaucoup plus simple ainsi.

Qui essayait-il de tromper ? Dès le premier instant où elle s'était dirigée vers lui, le soir des fiançailles d'Allegra, le désir avait vibré entre eux. Et il n'avait lancé cette proposition de bénévolat que pour la revoir et passer du temps avec elle.

A la fin de la journée, Natalia avait mal partout et elle n'avait plus qu'un désir : rentrer se coucher.

Les enfants et la plupart des autres bénévoles quittèrent le stade à 17 heures, fatigués et heureux, et aussi sales qu'elle. Natalia rassembla les fiches posées sur les tables et rangea les stylos dans les pots. Elle aurait dû s'en aller elle aussi, mais étrangement, elle n'arrivait pas à s'y résoudre.

En dépit des douleurs, de la fatigue, de la saleté qui couvrait sa peau et ses vêtements, et en dépit de l'humiliation qu'elle avait ressentie au début, *elle avait passé une bonne journée*. Natalia s'était sentie productive et utile, impliquée, et pleine d'énergie.

— Pas mal, Princesse…

Natalia se retourna vers Ben. Lui aussi était dans un état pitoyable, constata-t-elle en laissant errer son regard sur sa haute silhouette. Il avait même de la boue sur la joue.

— Pas mal ? répéta-t-elle en haussant les sourcils. Je n'ai plus d'ongles et c'est tout ce que vous trouvez à dire ?

Il s'arrêta devant elle, si près qu'elle sentit la chaleur émaner de son corps et les effluves de son eau de toilette.

— Voyons un peu cela, dit-il en lui prenant la main.

Natalia s'efforça d'ignorer les sensations délicieuses qui déferlèrent dans son corps tandis que le pouce de Ben caressait sa paume, sans qu'il ne s'en rende compte.

Après avoir examiné ses ongles cassés et écaillés, il redressa la tête.

— Beau sacrifice, murmura-t-il, sans lâcher sa main.

Elle retint son souffle. A cet instant, elle vit ses pupilles se dilater. Ce contact l'ébranlait autant qu'elle, comprit-elle.

Brusquement, Natalia se dégagea. Aussitôt, Ben recula d'un pas et se passa une main dans les cheveux.

— En fait, dit-il, vous avez été extraordinaire.

Elle refoula la bouffée de plaisir qui l'envahissait.

— Cela a dû être douloureux, dit-elle d'un ton ironique.

Ben la regarda d'un air perplexe.

— De m'adresser ce compliment, précisa-t-elle.

— Au contraire, ç'a été très facile.

— Dans ce cas, je suis encore plus flattée…

— Vous ne cessez donc jamais ? fit-il, moqueur.

— Voudriez-vous vraiment que je cesse ?

Une ombre passa dans le regard de Ben.

— Je suis incapable de répondre à cette question, Princesse.

Comme elle, Ben désirait ramener la conversation sur un terrain plus neutre, comprit Natalia. Au lieu d'en être soulagée, elle frissonna, comme si la température avait subitement baissé.

— Je vous l'ai déjà dit, reprit-il. Je vous trouve épuisante.

— Cela tombe bien, je dois rentrer. Nous avons un dîner *très* important, ce soir.

Le visage de Ben se durcit.

— Dans ce cas, vous feriez bien de vous dépêcher. Votre chauffeur doit vous attendre.

— En effet.

Natalia passa devant lui, la tête haute.

— Bonne soirée, Princesse ! lança-t-il tandis qu'elle se dirigeait vers le parking du stade.

8.

— J'ai une faveur à vous demander.

Natalia serra le filet plein des ballons qu'elle avait ramassés. Jamais elle n'avait été aussi fatiguée de sa vie… Certes, elle avait toujours entretenu sa forme et son corps avec soin, mais passer huit heures par jour sur un terrain de foot constituait un tout autre genre de fitness.

— Vous, demander une faveur ? fit-elle d'un ton ironique.

— Pourquoi cette remarque ?

— Parce que je doute que vous aimiez solliciter des faveurs auprès de quiconque.

Il la regarda en plissant le front.

— Vous avez probablement raison…

Après avoir tiré les cordons du filet pour le fermer, elle le déposa sur les autres. Le stade était maintenant désert, tout le monde étant déjà parti, enfants, employés et bénévoles.

— Mais je suis sérieux. J'ai une faveur à vous demander.

— Très bien. De quoi s'agit-il ? demanda Natalia en croisant les bras.

— J'ai un dîner avec des clients, vendredi, commença-t-il d'un ton hésitant.

Cela ne lui ressemblait guère, lui toujours si sûr de lui…

— Ils sont intéressés par ces camps et proposent de nous aider, reprit-il.

— C'est une bonne nouvelle, non ?

— Leur soutien permettrait de créer ce genre de camps en Europe, acquiesça-t-il en hochant la tête. Peut-être même en Amérique du Sud et en Asie. Ce serait formidable.

— Et que voulez-vous que je fasse ?

— Que vous m'accompagniez à ce dîner. Mes clients souhaitent vous rencontrer.

— Vraiment ? demanda-t-elle en haussant les sourcils.

— Oui. Ils ont entendu parler de vous.

— Qui n'a pas entendu parler de moi !

Mais, au fond, Natalia était déçue. Elle ne voulait pas jouer les princesses devant les clients fascinés de Ben. Elle ne voulait pas jouer les princesses *du tout*.

— Vous vous rendez compte que vous pourriez ne pas en retirer le genre de publicité que vous désirez ?

— J'en suis conscient, oui.

La déception de Natalia se transforma en douleur aiguë. Il n'avait pas dit cela dans un sens moralisateur, mais il la jugeait néanmoins.

— Je n'aime pas la presse, continua-t-il. Je ne l'ai jamais aimée. J'ai vu les dégâts qu'elle pouvait causer sur trop de membres de ma famille. Surtout ma mère, après que mon père… Bon, je suis sûr que vous savez ce qu'a fait mon père.

Voyant un pli amer se former sur sa bouche, Natalia comprit combien il devait lui être difficile de parler de cela.

— Je ne connais pas tous les détails, parce que je ne lis pas les journaux avec autant d'avidité que vous, dit-elle en s'efforçant de prendre un ton léger. Mais j'ai entendu dire qu'il n'était pas très porté sur la fidélité.

— En effet. Et ses aventures ont donné lieu à d'innombrables ragots qui ont été étalés dans la presse. C'est pour cela que j'ai réagi aussi violemment l'autre jour, quand nous avons été surpris par les paparazzi. J'ai subi leur harcèlement dès mon plus jeune âge.

— Moi aussi.

Ben la regarda en fronçant les sourcils.

— Mais à présent, vous recherchez ce type de publicité, Princesse. Vous accordez des entretiens aux journalistes, vous posez pour les photographes, vous fréquentez toutes les soirées et tous les lieux où vous êtes assurée d'être vue…

Il lui adressa un regard perçant, comme s'il cherchait à pénétrer au plus profond de son âme.

— Pourquoi le faites-vous, si vous n'aimez pas cela ?

Natalia resta silencieuse. Elle n'était pas prête à se confier comme il venait de le faire.

— Natalia ? insista-t-il, répondez-moi.

Savait-il sur quel terrain il s'aventurait ? Pressentait-il la vérité ?

— Parce que j'y trouve des avantages, dit-elle en haussant les épaules.

Elle se détourna et reprit le filet de ballons qu'elle venait de poser. Pour faire quelque chose, n'importe quoi.

— En tout cas, il s'agit juste d'un dîner, dit-il enfin. Dans un restaurant discret.

— D'accord, dit-elle en se retournant vers lui. Je vais épousseter mon diadème.

— Merci. Je passerai vous prendre à 17 heures.

Après le départ de Natalia, Ben se repassa leur conversation en se demandant ce qu'il avait pu dire pour la blesser. Elle gardait de nombreux secrets, qu'elle n'avait pas l'intention de confier à quiconque. Il la connaissait si bien, à présent. Il savait quand elle mentait, mais il ignorait ce qu'elle dissimulait avec tant de soin.

Ce petit jeu était dangereux. Car Ben se sentait de plus en plus attiré par elle, tout en s'ordonnant sans cesse de garder ses distances. Quant à ce dîner, ce n'était qu'un prétexte pour passer un peu de temps avec elle en dehors du camp. Ses clients avaient en effet dit qu'ils seraient ravis de rencontrer la princesse, mais il aurait pu facilement alléguer qu'elle n'était pas libre ce soir-là, ou les faire venir au camp.

Il voulait savourer sa présence à côté de lui. Il la voulait *elle*, tout simplement. Dans un élan qui lui paraissait juste, et à la fois très périlleux.

Debout devant la haute psyché de sa chambre, Natalia contempla son reflet. Après avoir envisagé de porter une robe de soie turquoise ultracourte et décolletée, elle s'était ravisée. Elle en avait assez de la provocation, qui lui servait à se dissimuler depuis trop longtemps. Ce soir, elle ne voulait plus de cette attitude défensive.

Finalement, elle avait opté pour une robe de soie noire, au buste moulant mais dont la jupe évasée caressait ses hanches et ses cuisses, avant de s'arrêter au genou. Pour ajouter une touche de fantaisie à cette robe à la fois élégante et simple, Natalia choisit des sandales à talons d'une hauteur vertigineuse, ornées de brides en strass.

Après avoir frappé à la porte, sa femme de chambre passa la tête dans l'entrebâillement.

— M. Jackson est là, Votre Altesse.

— Merci, Ana.

Natalia jeta un dernier regard à son reflet puis, satisfaite, prit son étole de soie et sa pochette brodée de perles assortie avant de quitter sa chambre.

Lorsqu'elle aperçut Ben, debout dans le grand hall, Natalia sentit son souffle se bloquer dans sa gorge. Pourtant, il portait un costume du même style que celui dont il était vêtu le soir des fiançailles d'Alex, aussi n'y avait-il aucune raison pour qu'elle le trouve différent. Ni qu'elle se sente différente. C'était pourtant le cas. Peut-être réagissait-elle ainsi parce qu'ils travaillaient maintenant ensemble et partageaient une expérience. Ou à cause de l'attirance qu'elle ressentait envers lui et ne pouvait plus nier.

S'arrêtant au milieu de l'escalier monumental, Natalia promena son regard sur sa haute silhouette mince et robuste à la fois. La coupe de son costume mettait en valeur ses jambes musclées, ses hanches étroites et ses larges épaules. La chemise d'un blanc immaculé et la cravate de soie bleu cobalt soulignaient ses traits bien dessinés et la teinte de ses yeux perçants. Il émanait de Ben un mélange terriblement sexy d'élégance et de force virile.

Les jambes un peu tremblantes, elle descendit les dernières marches de marbre sous le regard acéré de Ben.

— Bonsoir, Princesse.

Pour la première fois, son titre n'avait pas résonné comme

une moquerie ou une insulte. Natalia y avait presque perçu de la tendresse.

Elle prit sa main tendue en souriant.

— Bonsoir.

Après avoir salué les valets en livrée postés en sentinelle, Ben l'entraîna à l'extérieur du palais. Soudain, Natalia huma l'air embaumé et ferma un instant les yeux. Elle se sentait merveilleusement libre. Libre, et même heureuse.

— Où allons-nous d'aussi bonne heure ? demanda-t-elle lorsque Ben lui ouvrit la portière de sa Mercedes.

— Le dîner est prévu pour 20 heures, mais il va falloir un peu de temps pour nous y rendre.

— Comment cela ? On peut atteindre l'extrémité de l'île en moins de deux heures.

Sans répondre, Ben vint s'installer au volant et se tourna vers elle en souriant, puis il alluma le contact et démarra avant de prendre l'allée qui menait aux grilles du palais.

Un quart d'heure plus tard, il se gara sur le parking de l'aéroport de Santina et, toujours en silence, il vint ouvrir la portière à Natalia.

Stupéfaite, elle contempla bientôt le minuscule avion garé à l'écart sur la piste.

— Nous allons partir là-dedans ? s'exclama-t-elle.

— Oui, dans mon jet privé. Je vous informe qu'il s'agit d'un Seabird Seeker 360, un remarquable joujou coûtant la modique somme de quatre cent mille dollars.

— Peut-être, mais vous avez néanmoins fait une mauvaise affaire, rétorqua Natalia en croisant les bras.

— Princesse, dit-il en réprimant à grand-peine une envie de rire, auriez-vous peur ?

Elle jeta un regard méfiant vers le jet.

— Eh bien, oui. Et je n'ai pas honte de le dire.

Lorsque Ben lui prit la main et l'attira lentement vers lui, Natalia se laissa faire avec réticence, plus effrayée de se rapprocher de Ben que de monter dans ce semblant d'avion.

— Allons, murmura-t-il, vous n'avez rien à craindre.

Parlait-il de voyager à bord du Seabird, ou d'autre chose ? se demanda-t-elle avec un frisson.

— Montrez-moi votre licence de pilote.

— Vous n'avez pas confiance en moi ?

Il lui tenait toujours la main, l'autre étant posée sur ses reins. Elle perçut la fragrance désormais familière de son eau de toilette.

— Non, absolument pas, répondit-elle en se dégageant.

Ben ne la retint pas.

— Si vous avez peur, nous pouvons affréter un avion plus grand, dit-il avec sérieux. J'ai vérifié qu'il y en avait un de disponible.

Touchée par sa prévenance, Natalia se tourna vers le jet.

— Laissez-moi d'abord jeter un coup d'œil à cet engin !

En fait, l'intérieur se révéla très confortable. Deux sièges en cuir se trouvaient côte à côte dans le cockpit, entourés de la paroi de verre. Voler dans de telles conditions devait être fabuleux… Si elle se laissait aller et faisait confiance à Ben.

Pourquoi cette éventualité était-elle encore plus effrayante que la perspective de monter à bord de ce petit avion ?

— Eh bien ? demanda Ben en s'arrêtant derrière elle.

— Ça pourra aller, je suppose…

A ces mots, il éclata d'un rire sexy.

— Quel éloge, venant de votre part, Princesse !

Puis il lui posa les mains sur les hanches et la poussa doucement vers le siège. Aussitôt, une chaleur délicieuse naquit au plus intime du corps de Natalia, avant de se propager dans tout son être.

— Vous êtes sûr que vous savez piloter cet engin ?

— Surveillez-moi.

— Oh ! je n'y manquerai pas.

Ben l'avait-il imaginé ou y avait-il eu un sous-entendu dans ses paroles ? Tout semblait chargé de sens, ce soir, encore plus que lors de la journée qu'ils avaient passée ensemble. Natalia était assise tout près de lui, sa peau paraissait encore plus dorée dans cette robe noire dont la soie moulait ses seins et sa taille de façon *très* sexy.

Soudain, Ben se rendit compte qu'il était heureux. Il avait beau se répéter que Natalia était une princesse frivole dont les frasques couvraient les pages des journaux à sensation, il ne désirait qu'une chose : se laisser aller et se détendre. Savourer les moments qu'il partageait avec elle.

Quand l'avion commença à rouler sur la piste, Natalia agrippa l'accoudoir en cuir.

— Vous n'avez pas peur de voler, au moins ?

— Il est un peu tard pour me poser la question, non ?

— En effet, répondit-il en riant.

— Rassurez-vous, j'ai peur de toute sorte de choses, mais pas de voler. Toutefois, je n'avais encore jamais voyagé à bord d'une pareille boîte de conserve.

— De quoi avez-vous peur, alors ?

— Oh ! des choses habituelles, dit-elle en haussant les épaules. De l'obscurité, par exemple.

— Vous êtes sérieuse ?

— Je n'ai pas dit que j'avais une *phobie* de l'obscurité, répliqua-t-elle d'un ton agacé. Mais je n'aime pas être seule dans une pièce obscure, c'est tout.

— Dormez-vous avec une veilleuse ? demanda-t-il en plaisantant à moitié.

— Je laisse de la lumière dans la salle de bains, répondit-elle avec sérieux. Et quand je parle d'obscurité, je veux dire le noir total, comme si l'on était enfermé dans un placard.

Sa réponse mit Ben mal à l'aise. A l'entendre, on aurait pu croire qu'elle avait vécu ce genre d'expérience sordide. Mieux valait ne pas insister, décida-t-il. D'autant qu'il n'avait pas eu l'intention de la taquiner.

— Quoi d'autre ? demanda-t-il.

Le Seabird prit de la vitesse tandis qu'à l'horizon, une traînée de rouge carmin s'effilochait dans le ciel qui prenait une teinte mauve.

Mais, cette fois, elle ne répondit pas à sa question.

— A votre tour, dit-elle. De quoi avez-vous peur ?

Ben tira le manche vers lui en réfléchissant.

— Que quelque chose de mauvais arrive à un membre de ma famille, dit-il enfin.

— Vous ne me surprenez pas ! s'exclama Natalia. Vous êtes un vrai maniaque du contrôle ! Je parie que vous vous sentez responsable de tous, y compris de vos parents.

— Vous trouvez cela répréhensible ? demanda Ben, un peu déconcerté par sa réaction.

— Je ne sais pas. C'est à eux qu'il faudrait poser la question. Mais de quoi avez-vous *vraiment* peur ?

Son insistance amusa Ben, tout en le mettant mal à l'aise.

— Et pourquoi vous le dirais-je ?

Elle lui lança un regard étincelant de défi.

— Auriez-vous… peur ?

— Non. Mais je ne veux pas voir ce genre de gros titre s'étaler dans le journal local : La vérité sur le redoutable Ben Jackson : il est terrifié par les araignées !

Un petit rire franchit ses lèvres pulpeuses, mais Ben comprit qu'il l'avait blessée en reparlant de cette fichue presse. Une fois de plus.

— En fait, je ne parle pas beaucoup aux journalistes, dit-elle en regardant droit devant elle. Ils inventent quasiment tout le contenu de leurs articles.

— Je sais.

— Mais c'est plus facile, poursuivit-elle d'une voix soudain un peu tremblante, d'essayer de contrôler le processus. Ou du moins, d'avoir l'impression de le faire. Vous comprenez ?

Quand elle se tourna vers lui, un éclat étrange brillait dans ses yeux.

— Voulez-vous dire que vous recherchez ce type de publicité parce que cela vous aide à vous sentir mieux ? demanda Ben avec incrédulité.

Une ombre envahit le regard de Natalia.

— Oui, et parce que j'adore voir ma photo dans les journaux, répondit-elle d'un ton désinvolte.

Ses traits délicats se détendirent tandis qu'elle lui adressait un sourire provocateur. Toute trace de vulnérabilité avait maintenant disparu.

— Je crois que je sais de quoi vous avez peur, reprit-elle.

Ben haussa les sourcils d'un air interrogateur.

— Vous avez peur d'avoir peur.

— Il faut « n'avoir peur que de la peur elle-même ? », c'est cela ? répliqua-t-il en citant la célèbre phrase de Roosevelt.

— Oui, en quelque sorte. Vous avez peur de vous montrer

faible et de voir votre maîtrise de vous-même vous échapper. Et de vous retrouver sans défense…

Ben resserra les doigts autour du manche. Natalia l'avait parfaitement percé à jour.

— Je ne savais pas que vous étiez aussi douée en psychologie.

A ces mots, elle se mit à rire.

— Je vois que je ne suis pas la seule à détourner la conversation quand je n'ai pas envie de répondre à une question trop personnelle.

— Reconnaissez que celle-ci était *très* personnelle.

— Et juste.

— Alors, pourquoi avez-vous peur de l'obscurité ?

Aussitôt, il la sentit se raidir. Il était devenu extrêmement sensible à ses moindres changements d'humeur, constata Ben avec stupéfaction. Et à la proximité de son corps. Il se tourna vers elle et tressaillit en voyant que l'une des bretelles de sa robe avait glissé sur son épaule dorée.

— Dois-je avoir une raison ? demanda-t-elle.

— En général, il y en a une.

— Pourquoi avez-vous peur d'avoir peur ? riposta-t-elle.

Ben éclata de rire.

— Nous devrions peut-être changer de sujet, non ? Deux personnes sur leurs gardes qui se posent réciproquement des questions dérangeantes, cela ne peut aboutir qu'à un désastre !

— Ou à quelques silences embarrassants, approuva Natalia avec un petit rire gêné. D'accord. Depuis combien de temps avez-vous votre licence de pilote ?

— Je n'ai jamais dit que j'en avais une.

Elle le regarda d'un air faussement horrifié.

— Vous m'avez *menti* ?

— Cinq ans.

— Pourquoi aimez-vous voler ?

— Vos questions redeviennent personnelles, Princesse.

— Ça, c'est personnel ? Vous êtes un homme très secret, monsieur Jackson.

— Vous aussi, répliqua-t-il en l'observant d'un air songeur. Du moins une femme secrète, plus que je ne le pensais.

Lorsqu'elle détourna les yeux, il contempla la ligne pure de son nez, l'angle délicat de sa mâchoire. De profil, Natalia paraissait plus douce. Plus vulnérable. De nouveau, Ben se sentit envahi par le besoin de la protéger.

Il fallait mettre un terme à cette conversation. Il était hors de question qu'il crée des liens plus intimes avec une femme comme elle ! songea-t-il avec irritation.

Mais quand il contempla l'immensité du ciel qui s'étendait devant eux, il se rendit compte qu'il ne savait plus ce qu'il souhaitait vraiment.

Le ciel les enveloppait comme un rideau de velours. Loin au-dessous d'eux, Natalia aperçut quelques lumières tremblotantes : peut-être les feux d'un yacht effectuant une croisière en Méditerranée. Elle se sentait à la fois déstabilisée et excitée. Parler avec Ben lui redonnait de l'énergie, et cela l'effrayait. Elle n'avait pas l'habitude de parler avec quiconque... Du moins, pas de sujets importants.

Pourtant, en l'espace de quelques minutes, elle avait confié à Ben des secrets qu'elle n'avait jamais révélés à personne, comme sa peur de l'obscurité. Et la raison pour laquelle elle frayait avec la presse.

— Au fait, vous ne m'avez pas dit où nous allions ? dit-elle.

— A Rome, au *Pagliaccio*, *via dei Banchi*.

Natalia hocha la tête en silence d'un air approbateur. Le lieu était sophistiqué, élégant et discret.

— Combien de temps comptez-vous rester sur notre île ? Ce doit être compliqué de diriger vos affaires à distance, non ?

— C'est possible grâce à l'informatique, mais ce n'est pas l'idéal, en effet. Je resterai à Santina jusqu'à la fin du camp, réglerai quelques affaires puis rentrerai à Londres.

C'est-à-dire dans deux semaines environ... A cette pensée, Natalia sentit un froid glacial envahir son ventre. Elle était déçue, s'avoua-t-elle. Ben l'attirait, elle ne pouvait plus le nier. Et elle craignait même de ressentir plus que de l'attirance pour lui. Il y avait quelque chose de si solide en cet homme, de si fort et de si authentique. Elle avait confiance en lui…

Elle l'observa à la dérobée. Les mains posées sur le manche, il contemplait le ciel devant lui. Natalia laissa errer son regard sur sa forte mâchoire, sur son épaule. La blancheur immaculée de sa chemise mettait en valeur sa peau hâlée. Il était vraiment très bel homme, songea-t-elle en sentant le désir frémir en elle. Elle eut soudain envie de passer les doigts sur sa joue, de desserrer sa cravate et de déboutonner sa chemise, avant de poser les mains sur la peau nue et chaude de son torse musclé…

Natalia déglutit en se forçant à regarder devant elle. Comment pourrait-elle tenir toute la soirée sans le toucher ?

— Plus que quelques minutes, dit Ben.

— Fantastique, répliqua-t-elle avec un sourire éblouissant.

Quelques instants plus tard, Ben posa une main légère sur les reins de Natalia avant de l'entraîner vers la limousine qui les attendait à l'aéroport. Elle sentait la chaleur de ses doigts à travers la soie, tandis que tout son corps réagissait à la douce pression de sa main.

La soirée allait être très longue…

Lorsqu'un peu plus tard, ils pénétrèrent dans le restaurant, une autre panique l'assaillit. Que savaient d'elle les clients de Ben ? Qu'avaient-ils lu à son propos ?

Soudain, Natalia sentit la nausée lui monter aux lèvres. Ce soir, elle ne voulait pas être la princesse à la réputation scandaleuse, elle désirait être une femme. Celle qu'elle ne s'était jamais autorisée à être.

Mais était-ce encore possible ?

— Natalia ? fit Ben en la regardant d'un air inquiet. Vous vous sentez bien ?

— Oui, très bien, répondit-elle avec un sourire séducteur.

— Vous aviez l'air livide, insista-t-il en plissant le front. J'avais pensé que ce genre d'endroit vous plairait.

— Et vous avez eu raison, approuva-t-elle en s'avançant devant lui.

En fait, les clients se révélèrent charmants, et s'adressèrent à Natalia avec respect et déférence. De temps en temps, elle distingua bien un regard curieux dardé sur elle, mais elle ne se laissa pas troubler et les écouta poliment, rit à leurs plaisanteries et fit preuve d'une amabilité gracieuse durant toute la soirée. Elle jouait son rôle de princesse et c'était épuisant.

Que se passerait-il si elle cessait de faire semblant ? Si, une fois le rideau tombé, elle ôtait son masque ?

Après le plat principal, elle s'excusa et se dirigea vers les toilettes. Dieu merci, l'endroit était vide, constata-t-elle en s'avançant vers les lavabos. Elle se repoudra et remit un peu de rouge à lèvres, puis déboucha son tube de mascara. Soudain, elle s'immobilisa et contempla son reflet : elle se trouvait face à une étrangère.

Lentement, elle rentra la brosse dans le tube et se regarda avec attention. Bien sûr, en surface elle restait la même. Jolie, peut-être même belle. La princesse Natalia. La fêtarde. Mais dans ce visage aux grands yeux tristes, la bouche tremblait.

Voulait-elle vraiment découvrir qui était cette femme ?

Et Ben, le désirait-il ?

Natalia reboucha le tube de mascara et le rangea dans son sac avant de quitter les toilettes à la hâte. Dans le couloir étroit, un homme était appuyé contre le mur, sans doute occupé à téléphoner. Après avoir murmuré quelques mots d'excuse, elle voulut passer devant lui, mais il l'arrêta en lui saisissant le coude.

Choquée, Natalia se tourna vers lui et reconnut l'un des clients de Ben, Brian, qui l'avait regardée avec le plus d'insistance. Un frisson la parcourut : cette soirée allait être comme les autres. *Elle* n'était pas différente.

— Votre Altesse...

— Excusez-moi, dit-elle en lui décochant un regard glacial, mais je crois que vous tenez mon coude.

Il eut à la fois l'air stupéfait et penaud puis, au grand

soulagement de Natalia, la lâcha. Mais il ne bougea pas, lui bloquant toujours le passage.

— Je me disais, Votre Altesse, bredouilla-t-il, visiblement ivre. Je… J'ai entendu dire que vous aimiez naviguer, or j'ai un ravissant petit yacht, alors je me demandais si vous aimeriez le voir. Enfin, vous voyez ce que je veux dire…

Il faisait allusion à un article ridicule relatant une soi-disant orgie à laquelle elle aurait participé sur un yacht, l'été précédent. La réalité avait été beaucoup moins subversive, et franchement barbante.

— Vous avez tort de croire tout ce que raconte la presse, Brian, répliqua-t-elle avec calme.

Lorsque, le visage cramoisi, il bafouilla quelques mots incompréhensibles, Natalia eut presque pitié de lui.

— N'en parlons plus, voulez-vous ? dit-elle en s'avançant.

Sa hanche frôla celle de Brian et, au même instant, Natalia se figea sur place. Immobile au bout du couloir, Ben la fixait d'un air sombre, presque menaçant.

9.

Ben ne s'attendait certes pas à être transpercé par l'aiguillon de la jalousie en découvrant Natalia avec son client. En train de se livrer à un charmant petit tête-à-tête, songea-t-il en serrant le poing dans sa poche. Peut-être venaient-ils de décider de se retrouver plus tard pour boire un verre — ou davantage…

Mais lorsque Natalia s'aperçut de sa présence, elle parut si tendue, si prête à craquer, que tous les doutes de Ben s'évanouirent. Il était ridicule. Il connaissait trop bien cette femme. Elle ne flirtait pas. En tout cas, pas avec Brian.

Soudain, une pensée bien plus inquiétante le traversa : pourquoi était-il jaloux, bon sang ? En quoi la conduite de Natalia lui importait-elle ? Elle était libre de faire ce qu'elle voulait, avec qui elle voulait…

Il les rejoignit en quelques enjambées.

— Ben, commença-t-elle d'une voix à peine audible.

Ben inclina lentement la tête.

— Brian…

Brian bredouilla des excuses et s'éloigna, le laissant seul avec Natalia. Le cœur battant à tout rompre, Ben la regarda dans les yeux, fasciné. En équilibre au bord d'un précipice, il ne se serait pas senti plus en péril.

— Je ne…

— Je sais.

Puis il céda au désir qui le dévorait depuis trop longtemps : il l'embrassa.

Son baiser ne fut pas doux. Ni délicat. Sans demander la

permission, il l'embrassa avec tout le feu qui le consumait depuis ce qui lui semblait soudain une éternité.

Et Natalia répondit à son baiser avec la même fougue.

C'était divin, songea-t-il en réprimant une plainte. Puis il cessa de penser, trop occupé à goûter la douceur de ses lèvres, la sensation de son corps pressé contre le sien. Son parfum aux effluves citronnés l'enivrait, la caresse de son souffle tiède le rendait fou.

Sans quitter sa bouche, il glissa les mains sous sa robe et caressa la peau satinée de ses cuisses. Un désir d'une force insensée avait pris possession de lui. Il repensa à la conversation qu'ils avaient échangée à bord du jet : son self-control lui échappait, il se retrouvait faible et sans défense. Il était la proie du désir, et de la peur.

Natalia creusa les reins et enfonça ses ongles dans son dos en poussant des petits soupirs terriblement excitants. Eperdu, Ben enroula sa langue à la sienne et entreprit une danse qui embrasa tous ses sens.

Soudain, il entendit une porte s'ouvrir, puis un éclat de rire féminin retentit. Désorienté, Ben redressa la tête et vit deux femmes les regarder d'un air amusé. Puis il surprit le regard de Natalia, confus et hébété. Avant qu'il ait eu le temps de s'écarter d'elle ou de faire le moindre geste, elle se dégagea et s'éloigna, puis passa devant les deux femmes comme si elles n'existaient pas.

Natalia se força à dominer le tremblement de ses jambes. A vrai dire, elle tremblait si fort qu'elle était surprise de réussir à tenir debout. Elle porta la main à ses lèvres. Celles-ci étaient douces, gonflées. Jamais elle n'avait été embrassée ainsi. Quand elle avait rencontré Ben, elle s'était demandé ce qui se passerait s'il perdait le contrôle de lui-même. Eh bien, elle venait d'en avoir un aperçu…

Elle n'était pas prête à vivre une telle passion. Un homme comme Ben exigerait qu'elle se donne à lui, *tout entière*.

Lorsqu'elle regagna la table, les hommes se levèrent tous

galamment pour l'accueillir. Un sourire princier aux lèvres, Natalia s'assit et reprit son rôle.

Deux heures plus tard, elle et Ben regagnaient l'aéroport. Depuis leur départ du restaurant, ils n'avaient pas échangé un seul mot.

Ben n'ouvrit la bouche que lorsqu'ils furent descendus de la limousine.

— Après toi, dit-il en désignant le jet.

— La soirée s'est plutôt bien passée, n'est-ce pas ? demanda-t-elle en montant à bord sans le regarder.

— Réussite totale, approuva Ben d'un ton neutre.

Brusquement, Natalia eut du mal à respirer. Elle se détourna et fixa la paroi de verre tandis que Ben s'installait aux commandes.

Il resta silencieux alors que le petit avion s'élevait dans le ciel violet, presque noir. Bientôt, Rome ne fut plus qu'un essaim de points lumineux et Natalia appuya sa nuque au dossier en fermant les yeux.

— Fatiguée ? demanda Ben.

— Exténuée, avoua-t-elle.

— Jouer le rôle de la princesse t'épuise à ce point ?

— Oui.

Ainsi que ce baiser, et tout ce qu'il impliquait…

— Je pensais au contraire que cela te stimulait, dit-il avec une pointe d'ironie.

Ainsi, il revenait à son ancien jugement. Très bien. De toute façon, n'était-ce pas exactement ce qu'elle souhaitait ?

— Je ne suis peut-être pas aussi extravertie que tu sembles le penser, dit-elle néanmoins en gardant les yeux clos.

Ben laissa échapper un rire bref.

— J'ai du mal à le croire.

Elle rouvrit les yeux et se tourna vers lui.

— Tu ne me connais pas, dit-elle avec calme. Même si tu crois le contraire.

Le regard fixé devant lui, Ben resta silencieux.

— Veux-tu dire que tu n'aimes pas participer à ces soirées, à ces fêtes ? demanda-t-il enfin. Que tu n'es pas ravie d'être mêlée à des scandales ? Qu'il ne s'agit que d'une comédie ?

Exactement. Elle avait essayé de le lui dire plus tôt, en lui expliquant que, pour elle, c'était un moyen de garder le contrôle. De rester forte. Mais à l'évidence ce n'était pas ce que Ben souhaitait entendre. Il préférait en rester au cliché de la princesse superficielle et égoïste. Au fond, c'était plus simple ainsi, pour tous les deux.

— La comédie ! s'exclama-t-elle avec un rire désinvolte. C'est fatigant…

Ben ne répliqua pas et le silence s'installa entre eux.

Quand le jet atterrit sur la piste, Natalia se sentait plus déprimée que tendue. Le silence lui avait permis de réfléchir. De se rappeler avec une précision délicieuse la sensation des lèvres de Ben sur les siennes, de ses mains se glissant sous sa robe, de ses bras puissants la serrant contre lui.

Ces instants avaient été merveilleux, mais aussi si terrifiants… Si elle n'y prenait garde, elle risquait fort de tomber amoureuse de Ben Jackson. Or elle ne pouvait se le permettre, *à aucun prix*.

— Nous sommes arrivés, dit-il.

Natalia sursauta, puis se redressa et s'éclaircit la gorge.

— Formidable.

— A propos de ce baiser, reprit Ben en la regardant.

Elle sentit son souffle se bloquer dans sa poitrine. Le moment était arrivé. Celui des excuses ou des accusations, peu importe. Il allait dire que c'était une erreur. Qu'il fallait oublier que c'était arrivé.

— Oui ? fit-elle en relevant le menton.

Ben la contempla longuement en silence, mais dans la pénombre, Natalia ne put distinguer son expression.

— Je n'arrive pas à penser à autre chose, avoua-t-il d'une voix rauque.

Puis il la prit dans ses bras et l'attira sur ses genoux avant de l'embrasser avec passion.

Ce nouveau baiser fut encore plus fabuleux que le premier. Tout en dévorant sa bouche, Ben promena ses mains sur son buste avant de les refermer sur ses hanches. Pressée contre son entrejambe, Natalia sentait son érection, chaude et puissante. C'était si bon… Mais pas suffisant. Elle en désirait davantage. Soudain, c'était *vital*.

Les mains tremblant d'impatience, Ben remonta sa robe sur ses hanches. Lorsque ses doigts se glissèrent sous son string, Natalia sentit son esprit se vider de toute pensée. Le plaisir était trop merveilleux, trop intense…

Brusquement, une lumière puissante inonda le cockpit tandis que quelqu'un frappait contre la carlingue. Ben arracha sa bouche de celle de Natalia et la repoussa d'un geste si vif qu'elle se retrouva à moitié sur son siège, à moitié sur le sol, la robe retroussée jusqu'à la taille.

Trop choquée pour songer à se rajuster, elle battit des paupières. Le faisceau lumineux fouilla l'espace, mais quand l'agent de sécurité comprit ce qui se passait à l'intérieur du jet, il recula en baissant sa torche.

— Excusez-moi…

Affreusement humiliée, Natalia redescendit sa robe sur ses cuisses.

— Désolé, murmura Ben en lui prenant la main.

Natalia l'ignora en tentant de se raccrocher à sa dignité. Difficile de se conduire avec sophistication après avoir été balancée au sol sans ménagement…

— Ce n'est pas tout à fait comme cela que j'imaginais la fin, chuchota-t-elle en redressant les épaules.

— Je croyais que c'étaient des paparazzi.

Ah… Ben ne souhaitait pas se retrouver surpris en flagrant délit avec la princesse Natalia.

— Sur l'aéroport, à minuit passé ? répliqua-t-elle sèchement. Je sais que tu n'aimes pas les paparazzi, Ben, mais cette fois, ton comportement frise la paranoïa.

— Désolé, répéta-t-il en détournant les yeux.

— Désolé d'avoir cru que c'était la presse, ou de m'avoir repoussée comme un paquet de linge sale ? A moins que tu ne sois désolé de m'avoir embrassée, tout simplement ?

Il ne répondit pas, le visage fermé.

— Peut-être pour les trois à la fois ? poursuivit-elle en achevant de rajuster sa robe d'une main tremblante.

Après un nouveau silence qui parut interminable à Natalia, il dit d'une voix neutre :

— Je te raccompagne au palais.

Ben aurait voulu s'excuser, lui expliquer pourquoi il avait réagi ainsi. Car ce n'était pas seulement à cause de la presse, comprit-il tout à coup. Il ne s'agissait même peut-être là que d'un prétexte commode. Il avait peur de lui-même. De perdre le contrôle, de se laisser aller, parce que lorsque Natalia était dans ses bras, tout son univers basculait.

Vous avez peur d'avoir peur. Elle avait raison.

Il arrêta la voiture devant le palais et se tourna vers Natalia. Elle avait déjà ouvert la portière.

— Natalia…

Elle se retourna en arborant l'un de ses sourires moqueurs, mais Ben ne fut pas dupe. Elle était tout sauf gaie, ou d'humeur moqueuse.

— Merci pour cette soirée, pleine de surprises ! lança-t-elle d'un ton enjoué.

Puis, sans attendre sa réaction, elle agita la main avant de disparaître à l'intérieur du palais, tandis que Ben lâchait un juron en frappant le volant du poing.

Heureusement, c'était le week-end, ainsi ne verrait-elle pas Ben pendant deux journées entières. Et d'ici au lundi matin, elle aurait peut-être oublié tout ce lamentable épisode, se dit Natalia sans y croire.

En fait, le week-end lui parut interminable. Elle pensait sans cesse à Ben, se demandant ce qu'il faisait, ce qu'il ressentait. A quoi il pensait. Elle alla même jusqu'à se demander ce qu'il portait comme tenue…

Elle revoyait en boucle le moment où il l'avait repoussée. Ben avait agi par pur instinct, ce qui était encore pire. Il avait cherché à tout prix à se séparer d'elle et cette pensée la faisait horriblement souffrir.

Son cœur était bel et bien pris, s'avoua Natalia. Et maintenant, il se tordait, se déchirait, la laissant en proie à des tourments à peine supportables.

C'était pour cela qu'elle ne sortait jamais avec des hommes qui lui plaisaient vraiment. Jusqu'à Ben…

Le samedi soir, elle se trouvait dans un tel état de détresse qu'elle décida d'appeler Carlotta. Elle avait besoin de parler.

Un sentiment de culpabilité l'envahit. Depuis que sa jumelle avait eu son fils, Luca, cinq ans plus tôt, Natalia avait gardé ses distances avec elle. Pour se protéger, comprit-elle tout à coup.

La vie de Carlotta avait été transformée de façon si radicale, alors que la sienne n'avait pas changé d'un iota. Sa sœur s'était installée en Italie où elle menait une existence discrète et tranquille. Au fond, Natalia enviait en secret l'indépendance et la liberté de sa sœur, même si elle avait vu celle-ci en proie à un désespoir sans fond.

— Natalia ?

— Bonsoir, Carlotta.

Sa sœur dut deviner que quelque chose n'allait pas car elle demanda d'une voix inquiète :

— Tu vas bien, Natalia ?

— Oui, oui, répondit-elle précipitamment. Je voulais te féliciter pour tes fiançailles.

Les fiançailles de sa sœur avec le prince Rodriguez, ainsi que le mariage de Sophia et de Ash, faisaient la une de tous les journaux. Natalia n'avait pas lu les articles, mais sa mère lui en avait raconté tous les détails.

— Natalia, répliqua Carlotta d'une voix douce. Quelque chose ne va pas, je l'entends au son de ta voix. Qu'y a-t-il ?

— Je…, commença Natalia en serrant les paupières pour refouler ses larmes, je voulais simplement te parler un peu. Et avoir de tes nouvelles.

Carlotta resta silencieuse. Elles n'étaient pas jumelles pour rien, songea Natalia. Même séparées par des milliers de kilomètres, elles auraient senti ce qu'éprouvait l'autre.

— Je vais bien, dit enfin sa sœur.

— Tu vas vraiment te marier ? Tu…

— Je fais ce que nous devons toutes faire un jour, l'interrompit sa sœur avec calme. Mais je suis inquiète pour toi, Natalia. Que se passe-t-il ? Nous ne nous sommes pas parlé…

— Depuis des années. Je sais.

— Non, pas des années, tu exagères ! protesta Carlotta.

— Cela fait des années que nous n'avons pas eu de vraie conversation, corrigea Natalia. Carlotta, je voulais juste te dire que je suis désolée de ne pas avoir été là quand tu as eu Luca. Et ensuite, je…

Natalia déglutit péniblement en cherchant ses mots.

— J'ai eu peur.

— Je sais, Natalia, dit Carlotta d'une voix douce.

— Et j'étais en colère, murmura Natalia. A cause d'un tas de choses : la façon dont tu as été traitée, les changements que tu as dû opérer dans ta vie. J'ai eu l'impression que tu t'embarquais dans ta nouvelle existence sans moi.

— C'était le cas, je suppose, répliqua Carlotta avec un petit rire triste. Mais cela s'est passé il y a longtemps.

— Quand même. Je voulais te le dire.

— Que t'arrive-t-il, pour que tu ressentes le besoin de me parler ainsi ? demanda sa jumelle avec humour.

Natalia éclata de rire.

— J'ai rencontré quelqu'un, répondit-elle. Quelqu'un qui me remet en question. Qui m'a changée.

Et qui l'avait cruellement blessée.

— Changée… ? répéta Carlotta avec un mélange de surprise et de joie. Es-tu fiancée aussi, Natalia ?

— Non… Je…

Natalia repensa aux dignitaires que sa mère lui faisait rencontrer, ces hommes venus représenter des prétendants. Comment avait-elle pu oublier son devoir, ne serait-ce qu'un instant ? Peu importait ce qu'elle éprouvait pour Ben. Peu importait ce qu'il ressentait. Aucun avenir n'était possible avec lui.

— Natalia ? Qui est-ce ?

— Oh ! Personne d'important, répondit-elle.

Horrifiée par ses propres paroles, Natalia ferma les yeux en sentant une douleur insupportable lui étreindre la poitrine.

10.

Le lundi matin, Natalia ne se sentait pas mieux mais, Dieu merci, elle avait retrouvé la maîtrise d'elle-même. Et grâce à un maquillage savant, elle avait pu dissimuler ses paupières rougies et son teint blafard.

Lorsqu'elle arriva au stade, les enfants étaient déjà sur le terrain. Natalia repéra tout de suite la haute silhouette de Ben, en train de montrer aux enfants une tactique de jeu qui lui parut totalement hermétique.

Soudain, il appela l'un des enfants, Roberto, un jeune garçon dépenaillé dont Natalia avait remarqué les dons naturels d'athlète. Il réussit la nouvelle tactique sans difficulté, sous le regard approbateur de Ben. Natalia sentit son ventre se nouer : il ne la regarderait sans doute jamais ainsi.

— Vous êtes en retard, lui dit-il cinq minutes plus tard en venant la rejoindre à la table.

Natalia continua à ranger les stylos.

— Problème de circulation, dit-elle sans le regarder.

A son grand dépit, les larmes lui montèrent aux yeux, et elle battit des paupières pour les refouler à tout prix.

— Bon, répliqua-t-il après un léger silence. Que diriez-vous de servir de gardien de but, aujourd'hui ?

Natalia redressa brusquement la tête. Servir de cible aux enfants toute la journée ? Etait-ce là le moyen qu'il avait choisi pour lui faire payer leur dernier baiser ?

Il haussa les sourcils d'un air de défi.

— Cela vous ennuie ?

— Pas du tout, répondit-elle d'une voix suave.

Après avoir glissé un dernier stylo dans le pot, Natalia prit une profonde inspiration puis se dirigea vers la cage des buts.

Les heures suivantes représentèrent une véritable épreuve d'endurance, à la fois physique et émotionnelle. Même si elle avait maintenant un peu amélioré sa pratique du foot, elle n'était pas assez expérimentée pour éviter d'être frappée à répétition par le ballon qu'elle essayait de bloquer.

Néanmoins, comme les enfants l'encourageaient avec bonne humeur, elle se força à sourire et à rire avec eux, alors qu'en réalité, elle avait mal partout. Quant à Ben, il ne daigna pas lui adresser le moindre regard.

A la fin de la journée, Natalia n'avait plus qu'un désir : prendre un bain bien chaud et avaler un alcool fort. Malheureusement, un dîner officiel l'attendait, avec de nouveaux dignitaires.

Elle venait juste de mettre la dernière touche à son maquillage quand on frappa à la porte de sa chambre.

— Votre Altesse ? M. Jackson est là.

— M. Jackson ? fit Natalia en contemplant sa femme de chambre avec stupeur. Il n'est pas invité.

— Il demande à vous voir. Il a quelque chose à vous dire à propos de votre travail.

Natalia pinça les lèvres. Que pouvait-il bien avoir à lui dire ? Un frisson de crainte la parcourut, mêlé à un espoir fou, dangereux. Et surtout, ridicule.

— Très bien, dit-elle d'une voix crispée. Merci, Ana.

Elle jeta un dernier regard à son reflet. Le fourreau de soie fuchsia, le collier de diamants ornant sa gorge, les escarpins à talons de douze centimètres : l'armure était en place.

Ben faisait les cent pas dans l'élégant petit salon où le serviteur l'avait conduit. Bien que les sentinelles en poste à l'entrée n'aient pas manifesté la moindre surprise ou le moindre embarras, il sentait très bien que son arrivée impromptue avait perturbé le protocole royal.

En fait, il avait doublement menti : non seulement il ne savait pas combien de temps il lui faudrait, mais il n'avait rien à dire à Natalia à propos du camp.

Il ignorait ce qu'il allait dire. Il était venu au palais en cédant à une impulsion. Ou peut-être à un besoin. Après avoir fait de son mieux pour ignorer Natalia toute la journée, tout en restant douloureusement conscient de sa présence, il devait faire quelque chose. Dire quelque chose. Peut-être même lui avouer la vérité.

Sauf qu'il ne savait même pas quelle était cette vérité.

Ben retint un juron. Natalia avait bel et bien eu raison, se dit-il une fois de plus : il avait peur. Il détestait se sentir hors de contrôle et avait organisé son existence de façon à ne jamais être confronté à une telle situation.

A l'adolescence, quand il avait découvert le football, il avait pensé avoir trouvé un moyen de contrôler sa vie, de rendre son père et sa famille fiers de lui. Durant quelques brèves années, il avait surfé sur la crête, savourant le succès et l'accomplissement de son rêve. Puis, lorsque tout cela lui avait été pris, il s'était tourné vers les affaires. Après avoir travaillé dur, il avait gagné le succès et le respect. Il les avait *mérités*.

Et à présent, il avait l'impression d'être sur le point de perdre tout cela, en tombant amoureux d'une femme fatale dont la réputation scandaleuse rivalisait avec celle de son père.

Avait-il perdu la tête ? se dit-il avec stupeur. Venait-il bien de penser qu'il était *tombé amoureux* ?

L'amour n'intéressait pas Ben. Il n'en avait pas besoin. Et il n'était *pas* amoureux de la princesse Natalia.

— Tu as quelque chose à me dire ?

Ben pivota sur lui-même et se retrouva ébloui par l'apparition soudaine de Natalia. Dans cette stupéfiante robe du soir fuchsia, elle parvenait à avoir l'air à la fois élégante, simple, et royale. Et sexy en diable.

Toutefois, les yeux brillants, le menton relevé d'un air altier, elle n'était que défenses. Mais pouvait-il l'en blâmer ?

— Je voulais te parler.

Elle haussa un sourcil au dessin parfait.

— Tu as eu toute la journée pour le faire, Ben. Ta venue au palais était-elle bien nécessaire ? D'autre part, les invités vont arriver d'un instant à l'autre.

— Je n'en ai pas pour longtemps.

Cette fois, elle resta silencieuse et le regarda d'un air distant. Elle attendait qu'il parle. Bon sang, pourquoi ne trouvait-il rien à dire ? Pourquoi se sentait-il paralysé alors qu'il désirait désespérément l'embrasser ?

— Natalia… Je suis désolé.

Comme elle ne disait toujours rien, Ben se sentit très mal à l'aise et regretta d'être venu. Non, il devait se ressaisir, lui dire…

— Je sais que je t'ai blessée en te repoussant, à bord du jet.

— Je te l'ai déjà dit : je ne suis pas en sucre.

Eh bien, elle avait appris quelque chose sur le terrain : elle agissait comme un bon défenseur, l'empêchant de marquer le moindre but.

— Je ne voulais pas te faire de mal.

Elle haussa encore le menton.

— Quoi d'autre ?

— Je… Tu ne m'es pas indifférente, Natalia.

Une tension incroyable habitait tout son corps, mais il conservait une expression altière.

— Merci, finit-elle par articuler.

Ben sentit un frisson glacé le parcourir. *Merci ?* C'était tout ce qu'elle trouvait à répliquer alors qu'il venait de lui avouer que…

Soudain, il se sentit terrassé par une impuissance atroce.

— Je ne m'y attendais pas, reprit-il en tentant de se rattraper. Je ne le voulais pas.

— Je m'en étais aperçue, répliqua-t-elle calmement. Est-ce tout ce que tu avais à me dire ? Parce que nos invités vont arriver d'un instant à l'autre.

Réprimant la fureur qui pulsait en lui, Ben dit d'un ton froid :

— Oui, c'est tout.

Puis il sortit de la pièce à grands pas.

Natalia écouta le bruit des pas de Ben résonner dans le grand hall, puis décroître peu à peu. Si elle avait bougé, elle était persuadée que son corps se serait brisé tant elle était tendue.

Elle avait eu un mal fou à se raccrocher à son rôle de princesse distante et hautaine. A faire comme si elle se fichait de ce que Ben pouvait bien avoir à lui dire.

Et, à présent, elle aurait voulu se précipiter derrière lui et se jeter dans ses bras.

Non. Elle ne s'humilierait pas ainsi. Elle n'accepterait pas les pitoyables miettes que lui offrait Ben. Elle l'avait compris en écoutant sa pauvre non-déclaration. Cela ne lui suffisait pas. Natalia désirait être reconnue, acceptée, *aimée* alors que tout ce que Ben avait été capable de dire, c'est *qu'elle ne lui était pas indifférente…*

Lentement, Natalia redressa les épaules en laissant échapper un soupir tremblant. Oui, elle était une femme et elle désirait être aimée, même si cette pensée demeurait merveilleuse et terrifiante à la fois.

Cependant, l'amour était un luxe auquel elle n'avait pas droit, se rappela-t-elle. En effet, elle allait rencontrer l'ambassadeur de Qadirah, une petite principauté située sur une île de la mer d'Arabie, dont le souverain était un cheikh âgé de trente ans. Natalia ne l'avait jamais vu et ne souhaitait pas faire sa connaissance.

Le dos raide, elle sortit du salon et traversa le hall.

Le lendemain, alors qu'elle était arrivée au stade depuis une demi-heure environ et qu'elle triait des fiches, Natalia entendit un cri perçant provenant de l'extrémité du terrain de foot. Levant les yeux, elle vit un petit groupe d'enfants et de bénévoles rassemblés autour d'une silhouette tombée à terre. Le cœur battant d'angoisse, Natalia reconnut Roberto et vit Ben se pencher au-dessus du jeune garçon.

Roberto ne bougeait pas. Comprenant aussitôt qu'il était blessé sérieusement, Natalia prit son mobile sans réfléchir davantage et appela les urgences. Dès qu'elle fut assurée qu'une ambulance arriverait dans quelques instants, elle se dirigea à la hâte vers le petit groupe.

Le visage blême, Ben parlait à Roberto. Vu l'angle curieux de sa jambe, celui-ci s'était sans doute cassé quelque chose. A cet instant, Ben releva la tête et regarda Natalia. Une émotion intense brillait au fond de ses yeux bleus.

— Que puis-je faire ? demanda-t-elle.

— Appeler une ambulance…

— C'est fait.

Ben se pencha de nouveau vers Roberto d'un air à la fois anxieux et coupable. Le visage du jeune garçon était livide et de la sueur perlait à son front tandis qu'il serrait les dents. Natalia s'accroupit à côté de lui et repoussa une mèche humide de son front blême.

— Ça fait un mal de chien, hein ? dit-elle avec un petit sourire. Si c'était moi, je hurlerais et pleurerais. Mais toi, tu es un petit gars courageux, à ce que je vois…

Roberto resta silencieux, mais il écoutait Natalia avec avidité, comme s'il se raccrochait à ses paroles. Elle continua à lui parler doucement, sans réfléchir à ce qu'elle disait, jusqu'à ce que la sirène de l'ambulance retentisse au loin avant de se rapprocher à vive allure.

Quelques minutes plus tard, Natalia suivit Ben qui accompagnait Roberto et les brancardiers jusqu'à l'ambulance. Avant de monter à son tour dans le véhicule, il se tourna vers elle.

— Merci, dit-il avec un faible sourire. Je vais rester avec Roberto. Pourras-tu te débrouiller ?

Se débrouiller avec une centaine de gosses pratiquant un sport auquel elle ne comprenait pas grand-chose ?

— Oui, bien sûr. Pas de problème.

Lorsqu'elle regagna le terrain, les enfants étaient rassemblés en petits groupes et discutaient d'un air anxieux. Natalia leur adressa son sourire le plus jovial et frappa dans ses mains.

— Bon. Tout le monde forme un cercle.

Après tout, ils avaient tous besoin de se changer les idées.

— Vous savez jouer à la chandelle, n'est-ce pas ?

— Oui ! répondirent-ils en chœur.

Ils passèrent l'après-midi à jouer à des jeux collectifs, à la grande joie des enfants. A la fin de la journée, Natalia se sentait dans un état de fatigue épouvantable, d'autant qu'elle n'avait quasiment pas fermé l'œil de la nuit. Comment allait Roberto ? se demandait-elle avec anxiété. Et Ben ?

Lorsque tous les enfants eurent quitté le stade, elle aida à ranger, puis demanda à Enrico de la conduire à l'hôpital de Santina. En route, elle le fit s'arrêter pour acheter quelques babioles destinées à Roberto.

A l'hôpital, elle ne trouva pas Ben, mais les parents de Roberto qui attendaient dans le couloir, devant la chambre de leur fils. Assis sur deux chaises, ils semblaient épuisés et inquiets. Dès qu'elle s'approcha, ils se levèrent et inclinèrent la tête avec respect.

— Votre Altesse…

— Je vous en prie, les interrompit Natalia d'une voix douce. Comment va Roberto ?

Il s'était cassé la jambe, expliquèrent-ils, mais la fracture était franche, heureusement, si bien que, d'après le médecin, leur fils guérirait sans problème. Il garderait son plâtre pendant six semaines, puis ferait de la rééducation.

Natalia vit le couple échanger un regard anxieux. Ils s'inquiétaient sans doute à propos des frais. Santina bénéficiait d'un système de sécurité sociale général, mais les parents de Roberto devraient sans doute prendre des congés pour s'occuper de lui. Tous deux portaient l'uniforme du personnel travaillant au palais, avait-elle remarqué dès son arrivée. Ils étaient donc employés par la maison royale.

— Mon père, le roi Eduardo, sera très heureux de vous apporter son soutien matériel, j'en suis sûre, dit-elle avec un sourire chaleureux. Vous pouvez compter sur moi pour lui en parler.

Lorsqu'elle entra dans la chambre de Roberto, celui-ci dormait, si bien qu'elle laissa la boîte de chocolats et la bande dessinée sur la table de nuit. Puis, après avoir salué ses parents, elle quitta l'hôpital et demanda à Enrico de la conduire au bureau de Ben.

Il n'y était pas, mais Natalia trouva Mariana, en train de travailler sur son ordinateur.

— M. Jackson n'est pas venu au bureau aujourd'hui, dit-elle.

— Avez-vous son adresse ?

Marina ne montra pas la moindre surprise et, après avoir consulté son répertoire, inscrivit les coordonnées de Ben sur une feuille de papier.

— Je ne sais pas s'il sera chez lui, dit-elle en la tendant à Natalia.

— Merci, répliqua Natalia d'un ton neutre. Je désire simplement lui communiquer quelques informations.

Quelques instants plus tard, elle contemplait l'adresse de Ben en essayant de contrôler les battements désordonnés de son cœur.

— *Via Ventoso*, dit-elle à Enrico.

La *via Ventoso* commençait en ville, avant dc laisser les habitations derrière elle et de se prolonger en une route déserte bordant la côte. Seules quelques villas s'élevaient parmi les rochers et les palmiers. Enrico s'engagea bientôt dans une allée menant à une construction à l'architecture audacieuse, toute de verre et pierre.

Après être sortie de voiture, Natalia dit à Enrico qu'il pouvait s'en aller.

— Vous êtes sûre que vous ne voulez pas que je vous attende, Votre Altesse ? demanda-t-il d'un air inquiet.

— Oui, merci, Enrico. Si j'ai besoin de vous, je vous enverrai un texto.

Lorsque le véhicule eut disparu au bout de l'allée, Natalia se retourna vers la villa, qui lui parut soudain désolée et vide. Qu'est-ce qu'il lui avait pris de venir à l'improviste ? se demanda-t-elle en restant figée sur place. De toute évidence, Ben n'était pas là. Et elle n'allait pas demander à Enrico de revenir la chercher, cinq minutes après lui avoir dit de partir…

Natalia inspira à fond et appuya sur la sonnette avant

d'entendre un son mélodieux résonner dans la villa. Après avoir compté jusqu'à dix, elle appuya de nouveau. Puis elle recompta jusqu'à dix avant de recommencer. Toujours rien.

Sans réfléchir, elle tourna la poignée de la porte. A sa grande surprise, celle-ci pivota silencieusement sur ses gonds. Le cœur battant à tout rompre, elle s'avança dans la maison de Ben.

La porte ouvrait sur un vaste salon lumineux parsemé de quelques beaux meubles contemporains, et dont les murs blancs étaient égayés par de grandes toiles abstraites aux couleurs vives. Natalia remarqua un bloc de papier et un stylo-plume en argent posés sur la table basse de verre transparent, puis un livre de poche abandonné sur le sofa.

Il s'agissait du dernier roman policier d'un auteur réputé pour son humour, constata-t-elle en s'approchant. Ainsi, Ben Jackson s'autorisait un peu de fiction pour se détendre, songea Natalia avec un sourire.

Dans la cuisine immaculée, elle aperçut une tasse et un bol à céréales soigneusement alignés dans l'égouttoir, ainsi qu'un flacon de vitamines posé sur le côté de l'évier.

Ensuite, tout en sachant qu'elle se conduisait de façon fort indiscrète, elle s'avança vers les portes qui ne pouvaient mener qu'à des chambres. Les deux premières se révélèrent vides, tandis que la troisième était de toute évidence celle de Ben.

Natalia promena son regard sur le lit immense couvert d'une couette à la housse bleu nuit, disposée avec une précision presque militaire. Sur la table de chevet se trouvait un nouveau livre de poche. Un roman du même style que le premier, vit-elle bientôt avec un étrange petit frisson.

Dans la salle de bains, une brosse à dents, un rasoir, un savon à raser. Sur le rebord de la baignoire, un tapis de bain posé avec soin, et une grande serviette blanche séchant sur un rail.

Ben menait une vie de spartiate, songea Natalia sans surprise.

Elle regagna le salon en se demandant où il pouvait bien se trouver. Il ne se serait jamais éloigné en laissant la porte ouverte, se dit-elle en se dirigeant vers la baie vitrée qui occupait tout un pan de mur.

Soudain, son cœur fit un petit bond dans sa poitrine : la paroi de verre était légèrement entrebâillée…

Après l'avoir fait glisser doucement, Natalia sortit et contempla la plage de sable blanc qui s'étalait entre la villa et la mer. Le soleil commençait à descendre dans le ciel qui prenait des teintes allant du pourpre au rose tendre. Seuls le vent bruissant dans les palmiers et le doux murmure des vagues troublaient le silence.

Natalia ôta ses baskets et les laissa dans le sable avant de s'avancer lentement. Sur la plage déserte, elle découvrit Ben, assis entre deux rochers, la tête entre les mains.

11.

Lorsqu'il leva les yeux et se retourna vers elle, Natalia se sentit gagnée par un mélange d'appréhension et de compassion. Il la regarda d'un air grave, et même sombre : était-il mécontent de la voir ? se demanda-t-elle avec un frisson en s'arrêtant à quelques mètres de lui.

Une émotion profonde émanait de Ben tandis qu'ils se regardaient sans dire un mot. Et quand il lui adressa soudain un étrange petit sourire, Natalia se prépara à encaisser l'une de ses piques ironiques, ou à ce qu'il la congédie.

— J'étais en train de me dire que j'étais vraiment le dernier des salauds, laissa-t-il tomber d'un ton amer.

Natalia se rapprocha en haussant les sourcils.

— Ce constat n'a pas l'air de te ravir.

— Non, en effet, dit Ben en se retournant vers la mer.

Elle s'assit à côté de lui. A présent, le ciel reflétait ses longues traînées pourpres sur l'eau.

— Est-ce à cause de Roberto ?

— Je l'ai trop fait travailler. J'aurais dû m'en douter.

— Te douter qu'il allait se casser la jambe ? répliqua Natalia avec incrédulité. Je ne crois pas que quiconque aurait pu le prévoir.

— Si. J'aurais dû savoir qu'un gosse de dix ans n'a pas besoin de devenir une superstar, dit-il d'un ton laconique. Même si on désire le voir réussir. Même si, soi-même, on a échoué.

Ainsi, il ne s'agissait pas seulement de Roberto…

— Peut-être, mais tu n'aurais quand même pas pu prévoir ce qui allait se passer. C'était un *accident*, Ben.

Il laissa échapper un rire bref et amer.

— Précisément ! s'exclama-t-il.

— Que veux-tu dire par là ?

— J'ai passé toute ma vie à essayer de tout contrôler, d'avoir *l'impression* que je contrôlais tout, répondit-il, le regard fixé au loin. Je me disais que je le faisais pour le bien de tout le monde : ma famille, ma mère… Mais, au fond, je le faisais pour moi.

Un soupir haché franchit ses lèvres.

— En fait, je ne contrôlais rien du tout. Tout échappe toujours au contrôle. Chaque fois.

— Tu ne peux pas maîtriser ce qui arrive aux autres, Ben. Ni leurs actes.

— Je n'ai même pas su maîtriser les miens.

Natalia sentit son cœur se serrer. Ben faisait-il allusion à ce qui s'était passé entre eux ?

— Eh bien, il n'y a pas que toi, répliqua-t-elle.

— Pardon ?

— Tu ne pensais quand même pas être le seul à ressentir ce genre de chose ?

— Tu ne m'accorderas pas un brin de compassion, n'est-ce pas ? s'exclama-t-il en éclatant franchement de rire.

— Que veux-tu, je ne suis qu'une pauvre petite princesse, que personne n'aime, ni ne comprend…

Cette fois, il se tourna vers elle, les yeux brillant d'une lueur étrange.

— Ce n'est pas vrai.

Qu'entendait-il par là ? se demanda Natalia en frémissant. Qu'il la comprenait ? Qu'il *l'aimait* ?

— Non, ce n'est pas vrai, bien sûr, rétorqua-t-elle d'un ton brutal. Pas plus que tu n'as anéanti la vie de quiconque avec ton besoin obsessionnel et maladif de tout contrôler.

— Obsessionnel, vraiment ? fit-il en souriant.

— D'où vient ce besoin de contrôle, Ben ?

La question avait franchi les lèvres de Natalia, directe, sans plus aucune trace de désinvolture ou d'ironie. Elle désirait à tout prix en connaître la réponse.

— Parce que j'ai toujours eu l'impression d'en manquer,

répondit-il d'une voix sombre. Tout dans ma vie, du moins dans mon enfance, a été si chaotique. Si *dingue*. Ma mère a divorcé d'avec mon père — deux fois. Nous avons déménagé à plusieurs reprises, passant d'une existence aisée à l'incertitude totale. Mon père jouait en première division...

— Ce que tu désirais toi aussi ?

Ben la regarda un instant en silence.

— Oui.

— Sur le terrain, tu bouillonnes d'énergie. Tu parais... heureux.

— Je le suis, répliqua-t-il. Du moins, je l'étais. J'ai toujours aimé le foot. J'étais un bon joueur...

— Que s'est-il passé ?

— A dix-sept ans, je me suis bousillé le genou. J'ai alors perdu toute chance de jouer à un niveau professionnel. Pour mon père, cela a été une déception horrible.

Evidemment, il parlait de la déception de son père plutôt que de la sienne, songea Natalia en l'observant. L'ambition de Ben, son besoin de tout contrôler avaient au bout du compte profité à sa famille. Son but avait avant tout été d'assurer la stabilité de ses nombreux jeunes frères et sœurs.

— Cela a dû être dur, dit-elle avec calme.

— Personne n'aime renoncer à un rêve, répliqua-t-il en haussant les épaules.

— Ensuite, tu t'es lancé dans les affaires ?

L'ombre d'un sourire passa sur sa bouche sensuelle.

— Il fallait bien faire quelque chose, n'est-ce pas ?

Quelque chose pour garder les rênes.

La nuit était tombée, à présent, les enveloppant dans une intimité troublante.

— Et toi, Princesse ? demanda-t-il soudain. Quel était ton rêve ?

Natalia se raidit.

— Je ne sais pas si j'en ai jamais eu un. En tout cas, je n'en ai pas eu depuis longtemps.

— Quel était le dernier ?

Après tout ce qu'il venait de lui confier, elle pouvait bien lui livrer quelques-uns de ses secrets. Natalia se pencha

119

et prit du sable dans sa main avant de le laisser filer entre ses doigts.

— Oh ! rien de bien original : un truc du style « bonheur éternel »…

— Ah, je vois. C'est pour cela que tu ne crois pas à l'amour vrai.

— J'ai vite compris.

— Que t'est-il arrivé ?

— Tu n'as qu'à lire les journaux : tout y est.

— Que veux-tu dire ? demanda-t-il d'une voix crispée.

— Tu as toi-même mentionné cette histoire torride. On en a beaucoup parlé, il y a six ans.

Juste avant que Carlotta ne tombe enceinte, et que les journalistes la choisissent comme nouvelle proie.

— Avec ce Français ?

— Oui, Jean. Il était fils d'un comte et a passé l'été sur l'île.

— Et que s'est-il passé ? Il t'a brisé le cœur ?

— C'est ce que j'ai cru, à l'époque.

Natalia haussa les épaules en refoulant les vieux souvenirs, les vieilles blessures.

— Je croyais être amoureuse et j'ai fait des tas d'idioties. Ensuite, il a tout raconté à la presse. Il leur a même donné des photos.

Elle ferma les yeux un instant en se rappelant la douleur éprouvée en voyant étalé dans les journaux ce qu'elle avait pris pour une merveilleuse histoire d'amour.

— En tout cas, cette petite exclusivité lui a rapporté beaucoup d'argent, poursuivit-elle d'un ton léger.

— Je veux bien le croire… Et après cela, tu as préféré attirer l'attention sur toi plutôt que d'être une victime ?

On ne pouvait mieux résumer la situation, songea Natalia.

— En quelque sorte.

— Moi, j'ai fait le contraire…

Il la regarda un long moment en silence avant de poursuivre.

— Quand j'avais quatre ou cinq ans, les journaux ont publié une photo de moi. Je pleurais. Je ne sais pas si j'étais triste à cause du divorce de mes parents ou non. Peut-être m'étais-je simplement écorché les genoux. En tout cas, un photographe m'a surpris en train de pleurer et cette foutue photo a paru dans toute la presse, depuis Londres jusqu'à Los Angeles. Ma mère a détesté cette intrusion dans notre vie. Elle avait l'impression que le monde entier contemplait l'échec de son mariage et ses effets sur ses enfants. Et moi, je haïssais cette photo parce qu'aucun petit garçon ne désire être vu en train de pleurer par l'univers entier.

Après s'être interrompu, il reprit d'une voix plus dure :

— Ensuite, il y a eu les autres. Dès que j'avais l'air un peu sombre, les journalistes se répandaient en commentaires sur le cœur brisé de ma mère.

— Cela a dû être difficile à vivre pour elle.

— *Très* difficile.

— Et pour toi, dit Natalia. Et quand tu t'es blessé le genou, ils ont dû se frotter les mains…

— Tu as vu ces photos ?

— Non. Mais je sais comment fonctionne la presse. Ils déforment tout. Ils se servent de tout ce qui leur tombe sous la main.

— Ç'a été dur.

Natalia soupira. Leurs expériences avaient été identiques, mais leurs réactions totalement différentes.

— Je commence à comprendre ta haine de la presse, dit-elle. Sans parler de ton besoin de tout contrôler.

— Cela m'a aveuglé.

— Que veux-tu dire ?

— Mon passé m'a empêché de voir la réalité.

Après s'être interrompu un instant, il précisa :

— De te voir telle que tu es vraiment.

Natalia sentit son cœur se serrer. Ben ne la connaissait pas. Il ne savait pas tout d'elle.

— Ne te fais pas trop d'idées, Ben ! lança-t-elle en se détournant avec un petit rire désinvolte. Je ne suis pas si différente de ce que je parais être.

— Crois-tu ? répliqua-t-il avec calme.

Doucement, il lui prit le menton pour la forcer à se retourner. Natalia voulut lui envoyer une réplique bien sentie, mais les mots ne vinrent pas. Le regard de Ben la fouillait, brûlant. Et lorsqu'il l'embrassa, elle se sentit fondre.

Des lèvres, Ben effleura les siennes, puis, avec une lenteur délibérée et exquise, il approfondit son baiser, goûtant, exigeant davantage. Bientôt, la douceur laissa place à la fièvre qui les consumait tous deux.

Au bout de quelques instants, il écarta son visage du sien.

— Natalia…

— Oui, chuchota-t-elle.

Il l'embrassa de nouveau avec passion, puis s'écarta et lui prit la main avant de se lever.

— Nous allons nous y prendre proprement.

— Proprement ? murmura Natalia en le regardant d'un air confus.

Pour toute réponse, Ben sourit et l'entraîna vers la villa.

Une fois dans sa chambre, Natalia contempla le lit immense en sentant le doute l'envahir de nouveau.

— Je suis sale, dit-elle en désignant ses vêtements souillés.

Ben l'enlaça en secouant la tête.

— Tu es parfaite. Regarde-moi, Natalia.

Se rendant compte qu'elle serrait convulsivement les paupières, elle obéit et regarda Ben. Il semblait si calme, si solide qu'elle fut tentée de lui faire confiance. De se laisser aller, de l'aimer.

— En as-tu envie ? demanda-t-il.

Incapable d'articuler un mot, Natalia hocha la tête.

— Pourquoi as-tu peur, alors ?

— J'ai peur parce que c'est terrifiant.

— Je suis d'accord avec toi ! répliqua-t-il avec un faible sourire. Mais je crois que nous ne devrions pas trop réfléchir.

Natalia hocha de nouveau la tête en silence tandis qu'il glissait les mains sous son T-shirt. Elle frissonna. Non, elle ne voulait plus réfléchir. Elle désirait seulement *sentir*.

— Tu as raison, murmura-t-elle en passant les bras autour du cou de Ben.

— Toutefois, je ne veux pas que tu t'abandonnes en fermant les yeux, dit-il d'un air grave. C'est avec moi que tu vas faire l'amour, Princesse.

Elle haussa les sourcils d'un air moqueur.

— Comment vous appelez-vous, déjà ?

Mais Ben ne sourit pas.

— Ne fais pas cela, dit-il avec calme. Ne tourne pas cet acte en dérision. Je te désire et tu me désires, Natalia, et ce que nous allons partager est beau.

Les larmes se pressèrent sous les paupières de Natalia, et elle détourna les yeux.

— Vraiment ?

A sa grande horreur, une larme roula sur sa joue.

— Oui, répondit-il d'une voix douce. Vraiment.

Il essuya la larme sous son pouce et prit son visage entre ses mains.

— Et je vais te montrer à quel point tu es belle et combien je te désire.

Les yeux dardés sur elle, il l'allongea sur le lit avec délicatesse. Mais, au lieu de la réconforter, son attitude la terrifia davantage encore.

— Qu'est-ce que tu fais ?

— Je te fais l'amour.

Ben ôta son propre T-shirt et le lança dans un coin, tandis que Natalia retenait son souffle à la vue de son torse musclé. Lorsque son short subit le même sort, elle se sentit presque en proie à un vertige. Ben était splendide.

L'amour. Songeait-il à la signification de ce mot ? Avait-elle rêvé ? Natalia n'arrivait pas à se détendre, alors que, pourtant, elle désirait ce qui se passait. Mais elle avait encore peur, de souffrir, d'être rejetée. Une fois de plus.

Ben s'étendit à côté d'elle.

— Pour commencer, dit-il en tendant le bras vers elle, nous allons nous débarrasser de ces vêtements.

Quand il lui ôta son T-shirt, puis que ses mains effleurèrent ses jambes tandis qu'il faisait glisser son short, Natalia se sentit terriblement exposée.

A présent, ils étaient nus tous les deux. Ce n'était pas la première fois qu'elle partageait une telle intimité avec un homme. Elle avait eu plusieurs amants, et elle avait cru aimer l'un d'eux. Mais jamais elle n'avait ressenti de trouble aussi puissant. Le désir la possédait tout entière, mais sans que la peur ne la quitte.

Au fond, peut-être ne souhaitait-elle pas se dévoiler aux yeux de quiconque. Surtout pas d'un homme comme Ben.

— Tu réfléchis, dit-il en plongeant son regard dans le sien.

— Tu as dit qu'il fallait que je sache ce que je faisais.

— Arrête de réfléchir, Princesse. Cesse de croire que quelque chose de terrible va t'arriver.

— Je ne… Je n'ai pas l'habitude de ceci.

— Je sais.

— Non, tu ne sais pas, répliqua-t-elle avant de pouvoir s'en empêcher. J'ai connu *des tas* d'hommes avant toi, Ben. Les journaux à scandale n'ont pas menti sur ce point.

Il continua à la regarder tranquillement.

— Tu exagères en espérant me repousser, n'est-ce pas ? De toute façon, ce que tu as vécu avec d'autres hommes n'avait rien à voir avec ce qui se passe entre nous.

Natalia eut l'impression qu'un étau lui enserrait la poitrine.

— C'est pour cela que j'ai si peur, chuchota-t-elle.

— Et tu crois que moi, je n'ai pas peur ? demanda-t-il dans un murmure. J'ai peur et, comme tu me l'as fait remarquer, j'ai peur d'avoir peur. Alors, je te bats, puisque j'ai doublement peur, Princesse.

Envahie par une joie merveilleuse, Natalia se mit à rire de bon cœur. Et quand Ben se redressa avant de pencher la tête vers son buste, elle s'autorisa enfin à se détendre. Sa bouche errait sur ses seins, goûtant, titillant. Natalia glissa les doigts dans ses épais cheveux bruns, si doux. Non, elle ne voulait plus réfléchir…

Cependant, il ne la laissa jamais sombrer dans l'oubli. Chaque fois qu'elle fermait les yeux et rejetait la tête en arrière, il la faisait revenir au présent, à lui, en l'embrassant tendrement sur les paupières.

Les sensations qui déferlaient en Natalia étaient inouïes, et beaucoup trop intenses. La bouche de Ben se promenait sur sa peau, s'attardant aux endroits les plus sensibles. Sa langue experte rendait un véritable hommage à son corps.

Le plaisir monta en Natalia, menaçant de la submerger.

Elle avait peur de sombrer : de perdre le contrôle, de s'offrir totalement, corps et âme, à Ben.

Ses cheveux lui caressèrent le ventre tandis qu'il descendait plus bas. Sa bouche s'arrêta bientôt entre ses cuisses, à l'endroit le plus intime de son anatomie. Natalia se crispa, mais il posa les mains sur ses cuisses pour l'empêcher de les refermer.

Elle essaya de résister, mais Ben ne lui permit pas de se cacher. Lorsque ses lèvres se posèrent sur son sexe, un violent frisson la secoua tout entière, puis une volupté inconnue se déploya en elle tandis qu'un cri lui échappait. Et quand la langue de Ben se mit à fouiller sa chair, Natalia cria de nouveau.

— Arrête, haleta-t-elle en essayant de le forcer à redresser la tête.

Pourtant, quand il s'arrêta, elle ressentit un vide atroce.

— Ne résiste pas, Natalia. Ne *me* résiste pas.

— Je ne peux pas…

— Pourquoi ? répliqua doucement Ben, les mains toujours posées sur ses cuisses.

— Parce que…

— Tu veux que j'arrête ?

— Non…

Lorsque sa bouche se mit à explorer les plis secrets où frémissait son désir, Natalia ne put plus résister. Elle s'abandonna au plaisir, à Ben, et quand elle laissa échapper une longue plainte rauque, il se redressa et la pénétra d'un puissant coup de reins.

La jouissance fut si intense que Natalia ne put contenir ses larmes. Les sensations qui ruisselaient en elle ne ressemblaient à rien de ce qu'elle avait vécu jusqu'alors. Elles emplissaient son cœur, rompant toutes les digues qu'elle avait dressées autour de lui.

Leurs deux corps dansaient ensemble tandis que les vagues de plaisir emportaient Natalia dans un territoire merveilleux. Puis elle sentit Ben s'abandonner, le corps puissant secoué de longs tremblements, et rouler sur le côté en la gardant serrée dans ses bras.

Avec une douceur inouïe, il lui essuya les joues, puis l'embrassa au coin de l'œil, buvant une nouvelle larme qui avait jailli.

— Ce sont de bonnes larmes ? murmura-t-il.

— Je ne sais pas, avoua Natalia d'une voix mal assurée.

Ben resta silencieux et s'écarta d'elle avant de quitter le lit. Aussitôt, une sensation d'abandon stupide envahit Natalia. Comme s'il l'avait rejetée.

Quelques minutes plus tard, il revint se coucher et la reprit dans ses bras avant de la serrer contre lui.

— Ça va mieux ? chuchota-t-il dans ses cheveux.

Natalia hocha la tête et commença à se détendre. C'était si bon d'être ainsi lovée contre Ben, dans sa chaleur.

— Heureuse ? demanda-t-il.

— Oui, je suis heureuse, dit-elle en prenant sa main et en enlaçant ses doigts aux siens.

Et, dans ses bras, elle se sentait en sécurité — *acceptée*.

12.

Lorsque Natalia se réveilla, le soleil inondait la chambre. Elle voulut bouger, mais aussitôt son corps protesta, tandis que les souvenirs de la nuit se succédaient dans sa tête en fragments délicieux. Les moments partagés avec Ben avaient été si extraordinaires qu'elle avait du mal à croire qu'ils se soient vraiment produits.

Elle se tourna vers lui. Le visage détendu, il dormait, ses longs cils reposant sur ses joues couvertes d'une ombre brune très sexy. Souriant, elle suivit délicatement le contour de sa bouche du bout du doigt. Cette bouche qui l'avait embrassée, aimée, partout.

A cet instant, Ben ouvrit les yeux et battit des paupières avant de lui adresser un sourire malicieux.

— On profite de mon sommeil, Princesse ?

— Non…

Le sourire de Ben s'élargit.

— Tu mens.

— Bon, d'accord, j'en profitais *un peu*. Et alors ?

— J'aime ça, répondit-il en l'embrassant au coin des lèvres. J'aime *beaucoup* ça, Natalia.

Elle tressaillit, émue par la sincérité qui émanait de sa voix. De ses yeux. Il avait lâché prise, comprit-elle. Il ne se laissait plus retenir par la peur ou la crainte de perdre le contrôle.

— Et moi, j'aime que tu dises mon prénom, murmura-t-elle.

— J'aime que tu aimes ça…

Puis il prit sa bouche en un baiser passionné.

**

Un long moment plus tard, Natalia prit une douche pendant qu'il préparait le petit déjeuner. Lorsqu'elle sortit de la salle de bains, elle l'entendit siffler dans la cuisine. Sur le lit, Ben avait posé un T-shirt blanc et un short. Natalia les enfila en souriant : les vêtements flottaient autour de son corps et n'étaient pas des plus sexy, mais elle était touchée qu'il les ait préparés pour elle.

S'était-elle jamais sentie aussi heureuse ? Aussi libre, aussi chérie ?

Mais Ben ne la connaissait pas vraiment, lui susurra une petite voix maligne. Natalia s'arrêta devant la porte de la chambre. Elle ne lui avait pas encore confié tous ses secrets.

Elle ferma les yeux un instant. Elle devait parler à Ben, mais en aurait-elle la force ?

Dans la cuisine, une délicieuse odeur de bacon et d'œufs embaumait l'atmosphère. Debout devant la cuisinière, vêtu d'un jean délavé et d'un T-shirt gris élimé, Ben surveillait la poêle. Natalia s'immobilisa sur le seuil et le regarda : les pieds nus et les cheveux ébouriffés, il était encore plus beau… Elle l'aimait. Elle désirait l'aimer.

Pourquoi était-ce aussi difficile ?

— Ça sent bon ! dit-elle, la gorge affreusement sèche.

Ben se tourna vers elle, les yeux étincelants.

— Ton nouveau look me plaît beaucoup.

— Ce n'est pas tout à fait ma taille, répliqua-t-elle en écartant les bras.

— Tu es sublime.

Il était sincère. Pourquoi se montrait-il aussi gentil ?

— Tu veux du café ? demanda Ben.

Lorsque Natalia hocha la tête, il lui tendit une tasse fumante qu'elle prit et serra entre ses doigts, un peu rassurée par sa chaleur.

— Eh bien…, dit-elle après s'être éclairci la gorge.

Une lueur malicieuse pétilla au fond du regard de Ben.

— Eh bien ? répéta-t-il.

— Ce n'est pas facile.

— Ah bon ? répliqua-t-il avant de porter sa tasse à ses lèvres, tout en observant Natalia.

— Je ne… Je n'ai pas l'habitude de ce genre de situation.

— Moi non plus.

— Comment fais-tu pour avoir l'air aussi à l'aise, alors ?

— Je me sens bien parce que cette nuit passée avec toi m'a rendu heureux, répondit-il en la regardant dans les yeux.

— Moi aussi, elle m'a rendue heureuse, murmura Natalia en rougissant.

— Oui, je sais, dit-il avec un chaud sourire.

— Je crois que ça brûle…

Lorsqu'il se retourna, Natalia se sentit soulagée. Elle n'était pas prête à ce genre de franchise, d'intimité. Après avoir bu une gorgée de café, elle se dirigea vers la baie vitrée. Les rayons du soleil miroitaient sur la surface de l'eau et le sable avait gardé l'empreinte de leurs pas.

Les souvenirs de la veille rejaillirent dans son esprit tandis qu'elle sentait sa gorge se nouer. Elle resserra les doigts autour de l'anse de sa tasse. Le désir et la peur, l'espoir et l'angoisse, tout se bousculait en elle, en un affreux chaos.

— Le petit déjeuner est prêt, dit Ben.

Lorsqu'elle se retourna, elle vit les deux assiettes appétissantes posées sur la table.

— Ça a l'air délicieux ! s'exclama-t-elle.

En réalité, elle doutait de pouvoir avaler une seule bouchée.

— J'ai pensé que nous pourrions lire les nouvelles, continua Ben en posant deux journaux de qualité sur la table. Aucune photo de paparazzi, promis !

Natalia contempla les journaux avec une véritable terreur. C'était si peu de chose : lire la presse en prenant son petit déjeuner, commenter les nouvelles avec Ben. Comme les gens normaux…

— Natalia ? fit-il en fronçant les sourcils.

Ç'aurait dû être facile de le lui dire. Natalia savait qu'il montrerait de la compassion et non du mépris. Elle le connaissait, elle l'aimait assez pour le croire. Pourtant, elle ne pouvait se décider à prononcer les mots. A exposer son secret, son moi le plus intime. C'était trop difficile. Et puis, s'il l'avait regardée avec pitié, elle n'aurait pu le supporter.

— Qu'est-ce qui ne va pas? demanda-t-il calmement.

— Je ne peux pas faire ceci.

— Faire quoi? Prendre le petit déjeuner? répliqua-t-il d'un ton léger. Lire les journaux?

Oui, surtout ça.

— Tout... Jouer les couples heureux... Je ne peux pas.

Le visage de Ben se durcit tandis qu'il s'efforçait de garder son calme.

— Pourquoi?

— Je sais que c'est facile pour toi, Ben, mais...

— Tu te trompes.

— Tu sembles avoir endossé le rôle du petit ami attentionné si facilement...

Un éclair traversa le regard de Ben.

— Tu penses que c'est venu *facilement*, Natalia? Que je ne fais pas d'effort? Comme toi, j'ai toujours évité de m'impliquer avec une femme et j'ai fui tout engagement. J'ai vu le mariage de mes parents partir à la dérive et je n'ai pas voulu suivre leur exemple. Je suis encore méfiant. J'ai encore *peur*.

Sa voix vibrait, de sincérité et de colère.

— Mais il y a quelque chose entre toi et moi, quelque chose que je n'ai éprouvé avec aucune autre femme et que je ne peux pas nier. Et je pense que cela vaut le coup d'essayer de le vivre, de voir si ça peut marcher. Pas toi?

— Non. Parce que je sais que ça ne peut *pas* marcher.

La tension qui étreignait la poitrine de Natalia était si forte qu'elle craignit d'étouffer.

— Tu en es sûre, Princesse?

— Oui, Ben, répondit-elle avec assurance. Comme tu viens de le dire, je suis une princesse, et en tant que telle, je ne peux vivre une telle relation. Parce que...

Elle inspira à fond avant d'asséner le coup fatal.

— Parce que je vais épouser un autre homme.

Ben recula comme s'il avait reçu un coup. L'espace d'un

instant il eut l'air choqué, anéanti, puis il battit des paupières et toute expression disparut de ses traits.

— Je vois, dit-il enfin d'une voix neutre. Excuse-moi, j'ignorais ce détail.

Il avait prononcé ces derniers mots avec une politesse glaciale qui déchira le cœur de Natalia. Puis il fit un petit signe de tête en direction de la porte.

— Il n'y a plus rien à ajouter, n'est-ce pas ?

— Non, confirma-t-elle d'une voix à peine audible.

Il désigna de nouveau la porte. Il la congédiait. Alors qu'il y aurait eu tant de choses à dire — *si elle n'avait pas été terrifiée à la simple pensée de les dire.*

La tête haute, le corps tremblant, Natalia se dirigea vers la porte et aperçut ses baskets, alignées avec soin à côté de celles de Ben. Elle cligna des yeux pour refouler l'image qui se formait dans son esprit : elle et Ben, vivant ensemble…

Le dos raide, elle se pencha pour prendre ses baskets et les enfila. Lorsqu'elle eut réussi à en nouer les lacets, elle se redressa, ouvrit la porte de la villa et s'avança dans l'allée.

Ben entendit la porte se refermer avec un petit clic qui résonna douloureusement dans son cœur.

Natalia était partie. Et elle allait se marier.

Il se passa la main dans les cheveux en poussant un juron, puis contempla les deux assiettes pleines, les deux tasses, les journaux. Il avait envisagé un petit déjeuner détendu, une matinée douce et tendre. Une matinée normale, avec Natalia.

Tu sembles avoir endossé le rôle du petit ami attentionné si facilement…

La honte et la colère faisaient rage en lui. Il avait endossé ce rôle, en effet, alors qu'il ne l'avait jamais souhaité ni prévu, mais qu'au contraire, il l'avait méprisé. Et pourtant, avec Natalia, il avait été prêt à envisager un avenir commun. Il se sentit humilié et ridicule. Pour elle, il ne s'était agi que d'une aventure sans lendemain alors que, de son côté, il s'était raconté un conte de fées.

Soudain, il songea à sa mère, toujours prête à pardonner. A recommencer. Il ne réagirait pas comme elle. C'était impossible. Et, de toute façon, comment l'aurait-il pu ? Natalia allait se marier...

D'un geste brusque, Ben débarrassa la table et jeta le contenu des assiettes dans la poubelle. Combien de repas sa mère avait-elle préparés pour son mari, qu'il n'avait pas mangés ? Combien de soirs l'avait-elle attendu, avant de le voir rentrer au milieu de la nuit, ivre, avec le parfum d'une autre femme sur ses vêtements ?

Je vais épouser un autre homme.

Il n'arrivait pas à y croire. Cela sonnait faux, même s'il savait pertinemment que les parents de Natalia tenaient à marier leur fille. Les journaux s'étaient répandus en commentaires sur la rupture de ses fiançailles avec ce prince.

Les journaux. Comment se faisait-il qu'aucun n'ait mentionné le futur mariage de la princesse Natalia ? Pourquoi le roi Eduardo n'avait-il pas annoncé ses fiançailles au cours de la réception célébrant celles de son fils aîné ?

Natalia avait inventé ce mariage ! En tout cas, il n'avait pas encore été décidé.

Un soupir de soulagement échappa à Ben. Natalia avait peur. La nuit qu'ils avaient partagée avait dû être merveilleuse et terrifiante pour elle, comprit-il. Elle avait montré sa vulnérabilité et elle s'était *totalement* abandonnée dans ses bras.

Et quand elle avait saisi le premier prétexte pour s'en aller, il l'avait crue, imbécile qu'il était ! Ben se redressa : Natalia ne s'en tirerait pas à si bon compte.

Il n'avait pas dit son dernier mot.

Lorsque Enrico vint la chercher après qu'elle lui eut envoyé un texto, il ne fit aucun commentaire, mais Natalia ne s'y méprit pas : quelque chose clochait.

De toute façon, rien n'allait, songea-t-elle en appuyant sa nuque au dossier de cuir. Epuisée, elle ferma les yeux et revit le visage dévasté de Ben. La culpabilité la submergea.

Pourtant, elle avait dit la vérité. Elle allait bien se marier, même si son mariage n'était pas aussi imminent qu'elle l'avait laissé entendre.

Dès qu'elle pénétra dans le palais, elle sentit la tension qui y régnait. Et lorsqu'elle s'avança dans le grand hall, l'un des domestiques de sa mère vint l'informer que la reine Zoe demandait à la voir, immédiatement.

Natalia alla se changer à la hâte dans sa chambre et enfila une robe en lin et des chaussures à hauts talons assorties. Elle ne pouvait quand même pas aller voir sa mère vêtue du T-shirt et du short de Ben… Elle les pressa contre son visage en fermant les yeux, avant de les jeter résolument dans un coin de sa chambre.

— Où étais-tu passée ? demanda la reine Zoe d'un ton glacial lorsque Natalia entra chez elle.

— Je suis sûre qu'Enrico t'a renseigné sur ce point, répondit Natalia avec un calme qui la surprit elle-même.

— Il m'a dit qu'il t'avait conduite chez M. Jackson.

— C'est vrai.

— Et tu es revenue au palais *ce matin*.

— Oui, approuva-t-elle en soutenant le regard de sa mère.

— Natalia, cette attitude est inacceptable, commença celle-ci en secouant la tête d'un air indigné. Elle doit cesser.

— C'est fait, répliqua Natalia. C'est fini.

En réalité, elles parlaient de choses différentes.

— Parce que, continua sa mère en ignorant ses paroles, le cheikh de Qadirah a demandé officiellement ta main. Il viendra cette semaine pour préciser les détails du contrat.

Les jours suivants, Natalia passa la majeure partie de son temps dans sa chambre. Elle essayait de ne pas penser à Ben, mais son esprit, et son corps, lui rappelaient à chaque instant la douceur de ses baisers et de ses caresses.

Si elle avait eu un peu plus de courage, elle serait restée. Elle lui aurait tout révélé. Peut-être qu'alors… Peut-être auraient-ils pu *essayer*, comme avait dit Ben.

Non. Cette pensée était folle, tout espoir vain. Elle allait se *marier*. Alors, même si elle était restée, ils n'auraient pu profiter que de quelques heures de répit.

Au fond, c'était peut-être mieux ainsi, se dit Natalia en se préparant pour aller au stade, le lundi matin. En tout cas, c'était moins risqué. La vie avec le cheikh serait cordiale, et ils mèneraient deux existences séparées, surtout lorsqu'elle lui aurait donné un héritier. L'ambassadeur avait été clair sur ce point. Il n'y aurait aucune intimité entre eux, et elle n'aurait rien à redouter — ni à attendre — de lui.

Lorsqu'elle arriva au camp, Ben était occupé avec les enfants et elle aida les bénévoles avec les fiches. Mais elle aurait dû prévoir qu'il ne la laisserait pas tranquille aussi facilement. En fin de matinée, il la fit venir sur le terrain.

— La princesse Natalia et moi allons vous montrer comment on garde un but, dit-il.

Il se tourna vers elle.

— Pour commencer, ce sera la princesse qui fera le gardien.

Fantastique ! Il allait se défouler sur elle, songea Natalia avec appréhension. La tête haute, elle se dirigea vers la cage. Ben la regarda, le visage sombre et déterminé, tandis qu'elle se préparait à recevoir le ballon en pleine figure.

Mais il n'en fut rien, car il envoya doucement le ballon à ses pieds, si bien qu'elle aurait dû le faire exprès pour le rater.

— Cela ne se passera pas souvent comme ça, dit Ben en souriant aux enfants. Lorsqu'un joueur veut marquer un but, il met toute la gomme. Et il faut se préparer à bloquer le tir.

Il se tourna vers Natalia.

— Prête ?

Dès qu'elle eut hoché la tête, Ben donna un coup de pied un peu plus vigoureux, mais elle réussit à arrêter le ballon.

— La princesse Natalia veut vraiment m'empêcher de marquer un but, dit-il en souriant de plus belle. Mais parfois, quand un ballon vous est lancé à pleine force, vous avez peur. C'est normal : vous avez peur de *vous engager*.

Alors, c'est le moment d'être courageux. C'est là qu'il faut se donner *complètement* au jeu.

Les larmes picotèrent les yeux de Natalia. Ses paroles lui étaient destinées, bien sûr. Elle n'avait pas été courageuse. Elle avait cédé à la peur et, à présent, il était trop tard. Le jeu était terminé pour eux, même si Ben semblait ne pas s'en rendre compte.

— Maintenant, dit-il, à mon tour.

Quand il croisa Natalia, il murmura :

— Vise le poteau, si tu peux.

Elle hocha la tête sans comprendre, puis se prépara à shooter.

— Parfois, dit Ben en la regardant dans les yeux, il faut se laisser aller. Même si ça nous paraît impossible.

Lorsque Natalia envoya le ballon dans le coin du but, Ben plongea au sol, le corps presque parallèle, les bras tendus en avant. Il était totalement engagé dans le mouvement. Tous le regardèrent en retenant leur souffle tandis qu'il attrapait le ballon. Il atterrit sur le côté, puis roula sur lui-même et se retrouva en position assise. Un sourire triomphant aux lèvres, il se tourna vers les enfants médusés.

— Vous avez vu ? Je ne me suis même pas fait mal. Enfin, un tout petit peu…

Il regarda Natalia.

— Mais ça en valait la peine, ajouta-t-il.

13.

Ensuite, Ben la laissa retourner aider les autres, mais Natalia repensa encore et encore à ce qu'il avait dit aux enfants. En fait, *il parlait d'eux deux,* elle en était certaine.

C'était sans doute dérisoire, songea-t-elle en inspirant profondément, mais elle se montrerait honnête avec Ben, même si son aveu ne changerait rien à la situation.

Lorsque tous eurent quitté le stade sauf Ben, elle alla ramasser les ballons restés çà et là sur le terrain et les rangea dans le filet, puis se dirigea vers la table où s'était installé Ben. Il lisait un journal en plissant le front.

— Ben…

— Lis ceci, lâcha-t-il en lui tendant le journal d'un air outré.

Soudain, révéler son secret parut étrangement facile à Natalia.

— Je ne peux pas.

Ben la contempla d'un air perplexe.

— Je suis dyslexique, expliqua-t-elle avec calme. Je peux à peine lire et écrire.

La bouche entrouverte, les yeux écarquillés, Ben la regarda d'un air tellement stupéfait qu'en d'autres circonstances, Natalia aurait pu éclater de rire.

— Pourquoi ne me l'as-tu pas dit plus tôt ? demanda-t-il enfin. J'aurais fait des concessions…

— Je ne veux pas de concessions. Je n'en ai jamais voulu. De toute façon, peu de gens sont au courant, dit-elle avec un sourire dénué de toute gaieté. C'est un secret de famille…

Il secoua la tête, visiblement choqué.

136

— Pourquoi ?

— Mauvaise publicité, dit-elle en haussant les épaules.

A ces mots, il fronça les sourcils d'un air incrédule.

— Tes parents ont préféré garder le secret par crainte de nuire à leur image ? Tu n'as jamais fait de rééducation ? De nos jours, la dyslexie se traite très bien…

La gorge nouée, Natalia haussa de nouveau les épaules. Ne pas avoir été soignée n'était pas le pire. Elle n'allait pas lui raconter que sa gouvernante l'avait enfermée dans un placard, dans le noir, pour la punir d'être trop lente à apprendre à former les caractères ; ni la façon dont son professeur s'était moqué d'elle durant une année entière. Elle n'allait pas lui expliquer que ses parents avaient préféré ne pas s'occuper de son handicap parce que, de toute façon, les princesses n'avaient pas besoin d'étudier. Ni avouer à Ben qu'elle s'était toujours sentie stupide et qu'au moins, en suivant la mode et en sortant, elle avait l'impression d'être vivante et sûre d'elle, même si au fond d'elle-même, elle savait qu'il n'en était rien.

Mais elle n'avait pas besoin de le formuler à voix haute, comprit-elle en voyant le regard de Ben. Il avait tout deviné.

— Merci de me l'avoir dit. Cela a dû être dur pour toi.

— Cela n'a plus vraiment d'importance.

— Ah ? fit-il d'un ton léger. Pourquoi cela ?

Elle eut un geste vague de la main.

— Parce que cela n'a plus d'importance pour nous. J'avais peur de te le dire *avant*, par peur que tu me regardes autrement. Et que je n'ai pas l'habitude de parler, à quiconque.

— Je l'avais compris.

— Mais, maintenant, je me fiche que tu saches la vérité, parce qu'il ne peut rien y avoir entre nous, même si je… si nous l'avions désiré.

— Ah, oui, c'est vrai ! Tu vas te marier, dit-il d'une voix neutre en désignant le journal. C'est justement ce que je voulais te montrer : il n'y a pas un mot sur ton futur mariage, ici…

Il lui adressa un regard dur.

— Il n'y a rien te concernant dans les journaux, Princesse. On y parle de tes sœurs et de tes frères, presque à chaque page. Mais pas un mot sur toi et ce prétendu fiancé.

— Je te l'ai dit : notre mariage n'a pas encore été annoncé.

— Il n'a même pas encore été *décidé* — je me trompe ?

Natalia déglutit douloureusement.

— C'est en train de se faire…

— *En train*, oui. Car c'est tout récent, n'est-ce pas, Natalia ? Et comment s'appelle ce nouveau prétendant ?

— Comment il s'appelle ? C'est le cheikh de Qadirah…

— Son prénom, princesse.

La colère s'empara de Natalia. Que cherchait-il à prouver ?

— Khaled, dit-elle enfin. Il s'appelle Khaled.

— Et ce *Khaled*, te connaît-il ? répliqua-t-il en faisant un pas vers elle.

Natalia recula mais buta contre une autre table.

— Comment cela, est-ce qu'il me connaît ?

— L'as-tu rencontré ?

— Non, répondit-elle en redressant le menton. Pas encore. Mais il vient à Santina dans quelques jours.

— Ainsi, ce Khaled ne te connaît pas ?

Il était si proche à présent que Natalia sentit sa chaleur, et les effluves de son eau de toilette mêlés à sa senteur virile.

— Non, murmura-t-elle.

— Il ne sait pas, par exemple, poursuivit Ben d'une voix rauque, que tu as peur du noir.

Il posa sa main sur sa cuisse et la fit remonter lentement. Et quand ses doigts se glissèrent sous son short, puis sous sa culotte, Natalia laissa échapper un halètement.

— Il ne sait pas non plus, continua Ben, presque à voix basse, que tu cries quand tu jouis.

Natalia ferma les yeux en essayant de refouler le plaisir qui se déployait sous les caresses expertes de Ben.

— Il ne te connaît pas comme je te connais, Natalia, dit-il lentement. Il ne te connaîtra jamais.

— Peut-être, chuchota-t-elle.

— Non, parce que tu ne désires pas qu'il te connaisse.

Natalia rouvrit brusquement les yeux et croisa le regard brûlant de Ben.

— Ben…

— Tu ne le désires pas, chuchota-t-il en immobilisant ses doigts, parce que c'est bien plus facile ainsi, n'est-ce pas ?

— Je ne *peux* pas…

— Si, tu peux. Tu peux refuser ce mariage. Regarde ta sœur, Sophia. Ton frère, Alessandro. Ils ont dit *non*. Tu pourrais le faire aussi si tu le désirais, Natalia. Si tu *me* désirais.

Ses paroles la pénétrèrent jusqu'au cœur. La coquille qui la protégeait se fendit de nouveau. Ben avait raison. Elle avait accepté ce mariage sans lutter parce que c'était plus facile. Même si cela devait la détruire.

— Non…

— Si.

Il la caressa une dernière fois, tandis qu'elle laissait échapper un gémissement.

— Tu vois, dit-il d'une voix douce en retirant sa main. Personne n'aime être manipulé.

Puis il la planta là, la laissant en proie à une frustration insupportable.

Natalia le regarda s'éloigner et rassembla toutes ses forces.

— Tu ne vaux pas mieux, Ben ! cria-t-elle.

Il ralentit le pas puis s'immobilisa.

— Que dis-tu ? demanda-t-il en se retournant lentement.

— Tu me reproches de ne pas être assez franche, ni assez courageuse. De ne pas vouloir m'engager, dit-elle d'une voix entrecoupée. Et toi, Ben ? Tu as fait un beau plongeon ce matin, mais en face de moi tu ne t'es pas dévoilé.

— Je t'ai dit que…

— Tu m'as dit que *je ne t'étais pas indifférente*. Tu crois que c'est suffisant ?

Il plissa les yeux d'un air furieux.

— Plus tard, je t'ai dit que…

— … que tu pensais que cela pourrait marcher entre nous, coupa-t-elle brutalement. Qu'est-ce que tu entendais par là, au juste ? Dois-je prendre tous les risques, créer un nouveau scandale dans ma famille et tout perdre pour *ça* ?

Il resta silencieux et la contempla en silence.

— Tu veux garder le contrôle, continua-t-elle. Tu veux mener le jeu. Eh bien, si tu n'es pas prêt à te dévoiler toi non plus, si tu n'es pas prêt à prendre de risques, cela ne vaut pas la peine. Ça ne vaudra *jamais* la peine !

Natalia lissa son short et redressa les épaules alors que tout son corps tremblait de façon épouvantable. Puis elle passa devant Ben et se dirigea vers les barrières du stade.

Pétrifié sur place, Ben entendit une portière de voiture se refermer, puis le bruit du moteur s'éloigner peu à peu.

Les paroles de Natalia avaient été dures, accusatrices. Et vraies. Il n'avait rien lâché. Il l'avait poussée dans ses retranchements, exigé d'elle la vérité, tandis que de son côté il avait dissimulé l'intensité de ses sentiments et les craintes qui lui rongeaient le cœur.

Il s'était conduit comme un lâche, reconnut Ben en serrant les poings. Et Natalia l'avait perçu. En dépit de la honte qui l'envahit à cette pensée, il l'aima encore plus à cause de cela. Il l'aimait, point final. Et il était grand temps qu'il le lui dise. A condition qu'il ne soit pas trop tard.

Natalia contempla son visage pâle dans le miroir. Elle avait une mine épouvantable et des ombres soulignaient ses yeux, en dépit du fond de teint. Si le cheikh Khaled était déjà arrivé et participait au dîner, il serait horrifié en la voyant…

A vrai dire, Natalia se sentait tellement épuisée qu'elle ne ressentait rien à la pensée de le rencontrer. D'autre part, sa tristesse était si intense que tout le reste lui était devenu égal.

Elle appliqua du blush sur ses joues livides en soupirant. Ben avait eu raison, mais elle aussi. Il avait tout exigé d'elle, sans rien céder de son côté. Il ne lui avait pas dit qu'il l'aimait.

Pouvait-elle encore espérer qu'il ose ? Qu'il mette son cœur à nu ? Et s'il le faisait, aurait-elle le courage de tourner le dos à ce mariage arrangé pour tenter sa chance avec Ben, sans savoir ce qui l'attendait ?

— Votre Altesse ? fit Ana en passant la tête par la porte entrebâillée, la reine vous informe que les invités commencent à arriver.

— Merci, Ana.

*
* *

Le roi et la reine accueillaient leurs invités dans l'une des salles de réception du palais, une élégante pièce aux murs couverts de fresques et aux splendides colonnes de marbre. Le cœur affreusement lourd, une coupe de champagne serrée entre ses doigts, Natalia feignait d'écouter les deux ambassadeurs qui s'entretenaient de sujets divers.

Soudain, elle s'aperçut qu'ils avaient cessé leur conversation et qu'un silence étrange avait envahi la salle de réception. Tout le monde avait les yeux tournés vers la double porte du salon, où une haute silhouette se tenait immobile. Vêtu d'un somptueux smoking noir, Ben dardait son regard étincelant sur elle.

Que faisait-il là ? se demanda Natalia, saisie d'un tremblement incontrôlable. Il n'avait pas été invité, elle en était certaine.

Quand il s'avança vers elle, Natalia sentit son cœur s'emballer dans sa poitrine et resserra les doigts autour du pied de sa coupe en cristal au risque de le briser. Elle ne pouvait bouger, ni penser, ni même respirer.

Ben s'arrêta à un mètre d'elle.

— Que veux-tu ? lâcha-t-elle d'une voix faible.

— Je me suis rendu compte que j'avais oublié de te dire quelque chose, l'interrompit-il de sa voix profonde et douce.

— De quoi s'agit-il ?

Ben regarda autour de lui. Une partie des invités feignait d'ignorer sa présence tandis que les autres les observaient sans dissimuler leur curiosité.

— Veux-tu que je le dise ici ? demanda-t-il.

— Je… Je ne sais pas.

— Je pourrais t'emmener dans un endroit plus intime, proposa-t-il en souriant. Si tu veux bien venir avec moi.

— Où ?

— Ailleurs qu'ici.

Natalia le regarda et vit l'émotion qui brillait dans ses yeux. Pouvait-elle quitter les invités, ses parents et le palais, et suivre Ben, sans même savoir où il l'emmenait ?

— Natalia ? demanda-t-il doucement.

— Oui, chuchota-t-elle, le cœur battant à tout rompre. Oui, je t'accompagne.

Après avoir posé sa coupe sur un guéridon, elle sortit de la salle de réception en sentant le regard des invités, et de ses parents, rivé sur elle. Lorsqu'elle arriva à la porte, sa mère la rejoignit et lui saisit le poignet.

— Natalia, qu'est-ce qu'il te prend ?

Ben s'avança et s'interposa entre la reine et Natalia.

— Elle est avec moi, dit-il d'une voix polie et ferme.

Stupéfaite, la reine recula tandis que Ben entraînait Natalia hors du palais.

Aussitôt, la tiédeur parfumée des jardins enveloppa Natalia.

— Où allons-nous ?

— Si je te le dis, ce ne sera plus une surprise, répondit Ben en lui tendant la main. Veux-tu avoir une surprise ?

— Je ne sais pas, avoua-t-elle. Je ne suis pas certaine de pouvoir la supporter pour l'instant.

— Je voudrais t'emmener à bord de mon jet.

Natalia frissonna en songeant au moment où Ben l'avait repoussée, dans ce même jet.

— S'il te plaît, Natalia. Fais-moi confiance.

Sans dire un mot, elle hocha la tête.

Durant le trajet menant à l'aéroport, ils n'échangèrent aucune parole. Lorsqu'ils arrivèrent, l'avion les attendait sur le tarmac, petit et intime. Natalia monta à bord avec appréhension, puis s'avança dans le cockpit, mal à l'aise sur ses hauts talons. Ben l'aida à s'installer avant de s'asseoir à côté d'elle.

— Ne t'inquiète pas, Natalia, ce ne sera pas comme la dernière fois, je te le promets.

Après lui avoir adressé un sourire qui la fit tressaillir au plus profond de son être, il démarra le jet qui se mit à rouler sur la piste.

Lorsqu'il s'éleva dans le ciel, Natalia vit les lumières de Santina s'estomper, puis se fondre dans la nuit.

— Tu as dit que tu avais oublié de me dire quelque chose…

— Oui, répliqua Ben après s'être éclairci la gorge. Je

ne t'ai jamais raconté pourquoi j'avais peur de m'engager avec une femme.

— En effet.

— Mon père trompait ma mère, tu le sais. Déjà tout petit, je m'en rendais compte et cela me mettait dans une colère terrible. J'aimais mon père. Il était drôle, charmeur et… Je m'amusais beaucoup avec lui. On riait tout le temps ! Quand j'ai compris qu'il était faible et avait des tas de défauts, j'ai senti que je pourrais presque le haïr.

Il soupira.

— C'est normal, comme réaction… Mais ce que je ne t'ai pas dit, et que je ne voulais pas te dire, c'est que j'en voulais aussi à ma mère. Elle le laissait toujours revenir, alors qu'elle était au courant de ses infidélités. Elle faisait comme si elle ignorait tout. Son attitude me rendait fou de rage. Et cela m'irrite encore parfois, je l'avoue. J'aurais tant voulu qu'elle soit forte… Très tôt, j'ai juré de ne jamais lui ressembler.

— Et tu as toujours évité de t'impliquer avec une femme de crainte de devenir faible, comme elle ? demanda Natalia.

— Oui, même si je me rends compte maintenant qu'il fallait un certain courage pour faire ce qu'elle a fait. Mais en ce qui nous concerne, toi et moi…

Après être resté silencieux un instant, il prit une profonde inspiration.

— Dès l'instant où je t'ai rencontrée, reprit-il, j'ai senti que je perdais le contrôle. Je te désirais. Je désirais te connaître, et j'avais envie que tu me connaisses. Et pourtant, j'ai évité de te dire quoi que ce soit d'important à mon sujet. Parce que je ne voulais pas me sentir faible. J'ai essayé de garder intacte l'image que j'avais de toi parce que je ne voulais pas me rapprocher. Je ne voulais pas te désirer. Mais la femme dont je ne voulais pas n'était pas celle que tu es vraiment, Natalia.

— Tu me surestimes, dit-elle d'une voix posée. J'ai fait beaucoup de choses stupides, commis beaucoup d'erreurs.

— Comme tout le monde. En tout cas, c'est mon cas. Mais je t'ai observée au cours de ces dernières semaines.

Je t'ai vue t'approcher des enfants sur le terrain, te mettre à leur niveau. Tu as oublié ton rôle de princesse.

— Parfois, je préférerais ne pas en être une.

— Et quand je pense que tu as travaillé au bureau, sans dire à quiconque que tu souffrais de dyslexie…

— Ben, je ne veux pas que tu aies pitié de moi.

Il secoua vigoureusement la tête.

— Je t'admire, Natalia. J'ai toujours pensé que tu étais forte, mais pas à ce point. Tu es extraordinaire.

— Toi aussi, dit-elle d'une voix étouffée.

Il lui adressa un sourire en coin.

— Tu ne sais pas encore à quel point…

— Ah bon ?

Une fois encore, il inspira à fond.

— Ce que je veux vraiment te dire, c'est que je t'aime. J'aime la femme que tu as été et celle que tu es devenue. Je t'aime pour ta force, ton humour, ta grâce, et la façon que tu as de ne pas me ménager. Je t'aime, Natalia.

Elle allait pleurer. Elle pleurait, faisant couler son mascara. Elle s'essuya les joues en souriant à travers ses larmes.

— Moi aussi, je t'aime, murmura-t-elle.

— Pardon ? fit Ben en tendant l'oreille d'un geste théâtral. Je n'ai pas bien entendu…

Cette fois, Natalia éclata de rire et cria :

— *Je t'aime !*

Ils restèrent silencieux tous les deux, savourant la beauté de l'instant. Chacun s'était exposé, révélé. Et c'était merveilleux.

— Je te demande pardon de t'avoir imposé ces épreuves, dit enfin Ben. J'étais tellement aveugle !

— Et moi, j'avais si peur…

— Et maintenant ?

— Je n'ai pas peur. Mais je me demande ce qui va se passer lorsque je rentrerai. Ce que diront, et feront, mes parents.

— Tu ne seras pas seule, répliqua Ben. Je resterai avec toi, à chaque instant.

— Cela m'aidera beaucoup, murmura Natalia.

Lorsque l'avion commença à perdre de l'altitude, elle

vit des lumières scintiller au-dessous d'eux. Le Seabird descendait au-dessus d'un pont, bondé de monde...

— Où sommes-nous ? demanda-t-elle en se tournant vers Ben. Pourquoi y a-t-il autant de monde ?

— Nous sommes à Rome, au-dessus du *Ponte Milvio*.

— Tu vas atterrir *sur le pont* ?

Le *Ponte Milvio*, vieux de plus deux mille ans, était situé en plein centre de Rome, se remémora-t-elle. D'après la légende, les amoureux qui se fiançaient sur ce pont étaient assurés de connaître le bonheur jusqu'à la fin de leurs jours.

— Le Seabird atterrit comme un hélicoptère, expliqua Ben. Et j'ai contacté les autorités locales, ne crains rien.

A travers la paroi vitrée, Natalia vit les lumières de la ville se refléter dans les eaux du Tibre tandis que le jet se rapprochait du vieux pont et de la foule.

— Qui sont ces gens ? demanda-t-elle.

Ben se tourna vers elle avec un sourire malicieux.

— Oh ! juste quelques journalistes...

— Des paparazzi ?

— Il y a un ou deux types sérieux dans le lot.

— Mais... pourquoi sont-ils tous là ? Comment ont-ils pu savoir que nous allions venir ?

— Quelqu'un leur a peut-être donné un tuyau, répondit nonchalamment Ben.

Natalia le regarda avec stupeur, puis comprit tout.

— C'est toi qui les as appelés ?

— Ça se pourrait bien.

— Pourquoi ?

— Parce que je veux que le monde entier sache que je t'aime, Natalia.

— Et si je ne veux pas de ces journalistes ? demanda Natalia d'une voix mal assurée.

Cette fois, Ben eut l'air un peu penaud.

— Je crains que tu n'aies plus le choix... Mais, à l'avenir, je promets de veiller farouchement sur ta vie privée.

A l'avenir... Ces mots firent naître une joie immense en Natalia. Une joie pure, parfaite.

— Alors, que vas-tu leur dire ?

— Procédons par ordre, dit-il en la prenant dans ses bras.

Surprise, Natalia le laissa faire. Ben la serra contre lui et l'embrassa tandis qu'à l'extérieur, les journalistes poussaient des cris et que les flashes crépitaient de toutes parts.

— Nous allons figurer à la une de tous les journaux, depuis Rome jusqu'à New York, murmura Natalia.

— Je m'en fiche.

Elle le regarda avec attention.

— Tu es sincère ?

— Oui, répondit-il en souriant. Dans ce cas précis, tout du moins. Au fait, il y a aussi cette babiole.

Après avoir fouillé dans sa poche, il en sortit un écrin de velours noir.

— Natalia Santina, princesse de mon cœur, veux-tu faire de moi l'homme le plus heureux du monde et m'épouser ?

Natalia battit des paupières pour refouler ses larmes et contempla le diamant entouré de perles scintillant de mille feux.

— Oui. Oui !

Il lui glissa la belle bague ancienne au doigt.

— A présent, nous devrions peut-être aller leur annoncer la bonne nouvelle, avant que je ne t'enlève de nouveau ?

Epilogue

A la grande stupéfaction de Natalia, tout se passa à merveille. Comme promis, Ben ne la quitta pas un seul instant, et le roi et la reine acceptèrent les fiançailles de leur fille avec une facilité surprenante. Devant l'amour *évident* de Ben, il ne pouvait que s'incliner, déclara le roi avec humour.

Même le cheikh de Qadirah prit le refus de Natalia avec bonne grâce. En riant, il décréta qu'il ne pouvait rivaliser avec un homme qui avait demandé sa main avec autant de style — et devant le monde entier !

Ils se marièrent six semaines plus tard, sur une plage isolée de Santina, sans aucun journaliste ni photographe. Une seule photo de leur mariage fut vendue à un journal sérieux, pour une somme astronomique qui fut ensuite offerte à un organisme caritatif s'occupant d'enfants souffrant de difficultés d'apprentissage et dont Natalia présidait le conseil d'administration.

En effet, après l'avoir cachée pendant des années, elle avait révélé sa dyslexie et suivait elle-même des cours particuliers destinés à l'aider à surmonter son handicap.

Le lendemain de leur mariage, immobile devant la baie vitrée de la villa de Ben, elle regardait l'aube teinter le ciel de ses longs voiles rose orangé. Lentement, le soleil apparut, dans toute sa majesté rayonnante.

Ben arriva derrière elle et lui passa les bras autour de la taille avant de déposer un tendre baiser sur sa nuque.

— Je pensais à ton pari, dit-elle. J'ai gagné : tu es à mes ordres pour toute la journée.

— Non, murmura-t-il dans son cou, pour la vie entière…

— Alors, commençons tout de suite, mon amour, dit-elle en se retournant dans ses bras. Embrasse-moi…

La couronne de
SANTINA

Tournez vite la page et découvrez,
en avant-première, un extrait du quatrième roman
de votre saga Azur, à paraître le 1er juillet...

Angel regarda autour d'elle et repéra les hommes déjà accompagnés, ou qui n'allaient pas tarder à l'être. Elle n'avait ni le temps ni l'envie d'entrer en compétition avec une rivale, avérée ou potentielle.

En outre, suivre l'exemple de sa mère et devenir une aventurière sans vergogne ne l'intéressait pas. Sa vie n'était pas brillante, certes, mais Angel avait des principes.

Lorsqu'elle s'avança parmi les invités, elle prit soin d'éviter tous les Jackson, même Chantelle et Izzy. Elles étaient trop proches, comme Allegra, dont on fêtait les fiançailles avec le prince Alessandro, ou Ben, qui était un véritable grand frère pour Angel.

En effet, elle n'aurait pu supporter aucune manifestation de compassion ou d'inquiétude de la part de ceux qu'elle considérait presque comme sa famille. Par ailleurs, elle aurait pu se trahir et révéler l'horreur de sa situation. Or ce n'était pas le moment d'avoir des états d'âme.

Angel se réfugia derrière une colonne de marbre pour échapper au regard inquisiteur d'un petit groupe d'hommes à la mine sévère. Sans doute des hommes d'église, ou des banquiers.

A cet instant précis, elle l'aperçut.

Lui aussi se cachait, il n'y avait pas d'autre mot, derrière une colonne, à quelques mètres de celle choisie par Angel. Elle contempla son profil bien dessiné en retenant son souffle : il était superbe.

Parfaitement immobile, Angel laissa son regard errer sur ses épaules puissantes, son torse musclé dissimulé sous un costume élégant. Il émanait de cet homme une force impitoyable et déterminée, mais contenue. Les pieds légèrement écartés, les mains enfoncées dans les poches de son pantalon, il y avait presque quelque chose de belliqueux dans son attitude. Et de profondément dangereux.

Incapable de détourner les yeux, elle contempla ses épais cheveux noirs descendant sur sa nuque, en totale contradiction avec le style ultraclassique de son costume.

Peut-être était-ce ce contraste qui la fascinait. Ou l'air songeur et distant dont il considérait la foule des invités. Ou encore l'aura ténébreuse qui irradiait de lui. A moins que ce ne soit la légère moue qui arrondissait sa bouche sensuelle…

Angel sentit une excitation joyeuse se répandre dans les moindres cellules de son corps : ce somptueux inconnu semblait posséder tous les attributs requis.

Lentement, elle s'avança : plus elle s'approchait de lui, plus elle le trouvait impressionnant. Et lorsqu'il se tourna vers elle, Angel eut l'impression qu'il avait senti sa présence dès l'instant où elle avait posé les yeux sur lui.

Tout d'abord, elle ne vit que son regard. Gris, sombre, et incroyablement perçant, il semblait lire en elle comme si elle était transparente, devinant ses rêves, ses projets et ses fragiles espoirs.

Puis Angel battit des paupières, et découvrit ses cicatrices.

Violentes, agressives, elles zébraient le côté gauche de son visage, épargnant l'œil mais descendant jusque sous le menton. Le cœur battant sourdement dans sa poitrine, Angel continua à avancer vers lui, comme hypnotisée par ce regard gris et pénétrant.

Même si elle l'avait voulu, elle n'aurait pu revenir en arrière, songea-t-elle avec un frisson.

Ne manquez pas, dès le 1er juillet

DES VŒUX SOUS CONTRAINTE, *Melanie Milburne* • N°3366

Mariage Arrangé

Alors qu'elle s'avance vers l'énigmatique et troublant Angelo Bellandini, Natalie est gagnée par l'angoisse. Ce brillant homme d'affaires italien acceptera-t-il de retirer la plainte qu'il a déposée contre son jeune frère ? Y a-t-il un espoir qu'il accède à sa demande, alors même qu'elle a refusé de l'épouser cinq ans plus tôt ? Après un tel affront, il faudrait un miracle pour qu'il consente à l'aider ! Contre toute attente, cependant, Angelo lui répond qu'elle obtiendra ce qu'elle souhaite. Mais à la seule et unique condition… qu'elle l'épouse !

UNE SI TROUBLANTE INTIMITÉ, *Michelle Conder* • N°3367

Lorsque Vasily Aleksandrov lui propose de devenir la nounou de son fils de deux ans – qu'il connaît à peine et dont il vient tout juste d'obtenir la garde –, Lexi accepte sans hésiter. Déjà, dans la crèche où elle travaillait, n'était-elle pas la seule à pouvoir réconforter le petit garçon, trop souvent délaissé par sa mère ? Et puisque cette dernière l'a à présent abandonné, Lexi est prête à tout pour lui prodiguer l'amour dont il a besoin. Y compris à partager le toit – et l'intimité – de l'arrogant et ténébreux Vasily. Un homme dont la seule présence suffit à l'embraser...

UN LIEN TRÈS SECRET, *Lynn Raye Harris* • N°3368

Enfant Secret

Enceinte ? Valentina D'Angeli est sous le choc. Car le père du bébé n'est autre que Nicolo Gavretti, l'ennemi juré de sa famille… Nicolo, dans les bras duquel elle s'est abandonnée au cours d'une nuit passionnée, six semaines plus tôt, sans savoir qui il était. Ensuite, en découvrant l'identité de son amant, elle n'a pensé qu'à une seule chose : fuir. Et elle s'est arrangée pour ne plus croiser Nicolo. Mais à présent, Valentina n'a plus le choix : elle va devoir aller le trouver et lui annoncer qu'elle attend un enfant de lui...

A LA MERCI D'UN MILLIARDAIRE, *Chantelle Shaw* • *N°3369*

Pour offrir rapidement à sa mère les soins dont elle a besoin, Louise doit se résigner à vendre Eirenne, l'île grecque où elle a grandi et à laquelle elle est si attachée. Une décision terrible pour elle, mais que l'urgence de la situation ne lui permet plus de différer. A tel point qu'elle décide d'aller trouver Dimitri Kalakos, à Athènes, pour lui proposer de se porter acquéreur. Peut-être parviendra-t-elle à le convaincre que c'est le seul moyen pour lui de récupérer enfin cette île splendide, perdue en Méditerranée, qu'il a toujours considérée comme faisant partie de son héritage ? A sa grande surprise, Dimitri accepte tout de suite de conclure la vente. Mais à une condition : qu'elle devienne sa maîtresse...

SOUS LE JOUG DE LA PASSION, *Trish Wylie* • *N°3370*

Lorsqu'elle rencontre Blake Clayton, Olivia est d'emblée subjuguée par le charme ravageur de ce richissime héritier. Avant de se reprendre aussitôt : Blake n'est-il pas le premier client important que le cabinet d'avocats où elle travaille daigne lui confier ? Hors de question, dans ces conditions, de laisser cet homme – aussi séduisant soit-il – menacer les plans de carrière qu'elle a bâtis ! Mais c'est compter sans l'opiniâtreté de Blake qui, en plus d'être un client particulièrement exigeant, ne semble vouloir lui accorder aucun répit avant de l'avoir totalement séduite...

LA TENTATION DE SANTIAGO SILVA, *Kim Lawrence* • *N°3371*

Santiago le sait, il ne faut pas se fier aux apparences. Et même si Lucy Fitzgerald se donne l'air d'être une douce ingénue, nul doute qu'elle est en réalité une créature vénale et sans scrupules. Par conséquent, il est hors de question qu'il laisse cet ex-mannequin abuser de la naïveté de son frère cadet ! Voilà pourquoi il a mis au point un stratagème infaillible : il séduira Lucy Fitzgerald, dans l'unique but de dévoiler au grand jour sa véritable personnalité. Un plan qui ne tarde cependant pas à se fissurer quand Santiago s'aperçoit qu'il a lui-même le plus grand mal à résister à la troublante féminité de Lucy...

VENGEANCE POUR UN SÉDUCTEUR, *Abby Green* • *N°3372*

De retour en Argentine, son pays natal, Maddie n'a qu'un but : reprendre en main le domaine viticole que son père lui a légué. Mais une fois sur place, elle ne peut s'empêcher d'éprouver un trouble intense face à Nicolas de Rojas, le séduisant propriétaire du vignoble voisin. Pourquoi Nicolas se montre-t-il si charmeur avec elle ? Il devrait plutôt la détester après la manière abrupte dont elle a rompu avec lui, huit ans plus tôt, sans même qu'elle puisse lui expliquer les vraies raisons de sa décision. Peu à peu, Maddie sent le doute l'envahir : en voulant la séduire de nouveau, Nicolas n'essaie-t-il pas de se venger d'elle ?

LA CAPTIVE DU SAHARA, *Kate Hewitt* • N°3373

Noëlle est folle de rage. Comment Ammar a-t-il osé l'enlever pour la retenir ensuite prisonnière chez lui, en plein cœur du Sahara ? Et que recherche-t-il en agissant ainsi ? Dix ans plus tôt, ne l'a-t-il pas abandonnée le soir même de leur mariage, sans la moindre explication, lui infligeant une souffrance et une humiliation terribles ? Mais sa colère se mue en panique lorsqu'Ammar lui présente ses conditions : il la laissera repartir chez elle si, et seulement si, elle accepte de passer trois jours – et trois nuits – avec lui...

UNE DÉLICIEUSE CONQUÊTE, *Penny Jordan* • N°3374

- Passions à Saint-Pétersbourg - 1ère partie

Depuis qu'il a croisé Alena, la sœur de son rival Vasilii Demidov, dans un hôtel de Londres, Kyril n'a qu'une obsession : séduire la jeune femme. Ainsi, n'aura-t-il pas un moyen de pression idéal contre son redoutable concurrent en affaires ? Sans compter que la sublime Alena lui a tout de suite inspiré un violent désir, un désir qui rend son projet encore plus excitant. Mais face à l'innocente beauté d'Alena, il n'est bientôt plus aussi sûr de pouvoir rester maître de la situation...

LA FIERTÉ D'UN HÉRITIER, *Caitlin Crews* • N°3375

- La couronne de Santina - 4e partie

Epouser Rafe McFarland, l'ombrageux et richissime duc de Pembroke, et lui donner un héritier, c'est la seule issue qui s'offre à Angel si elle veut pouvoir payer les dettes colossales de sa mère. Un arrangement de pure convenance où l'amour n'entre pas en ligne de compte. Et pourtant, dès la première nuit qu'elle partage avec Rafe, dans le splendide manoir qu'il possède en Ecosse, Angel sent une étrange émotion la gagner. Qu'adviendra-t-il si elle tombe amoureuse de cet homme froid et ténébreux ?

Attention, numérotation des livres différente pour le Canada : numéros 1811 à 1816.

www.harlequin.fr